FRANÇOIS D'EPENOUX

François d'Epenoux est un écrivain français né en 1963. Il est l'auteur d'un essai, *Les bobos me font mal* (2003), et de huit romans : *Gégé* (1995) – qui a fait partie de la sélection finale pour le Goncourt du Premier roman –, *L'Importune* (1996), *Danemark Espéranto* (1998), *Deux jours à tuer* (2001) – adapté au cinéma par Jean Becker en 2008 –, *Les Papas du dimanche* (2005) – adapté au cinéma par Louis Becker en 2012 –, *Gaby* (2008), *Même pas mort* (2010) et *Le Réveil du cœur* (2014) – prix Maison de la Presse.
Tous ses ouvrages ont paru aux Éditions Anne Carrière.

D1492945

GÉGÉ

FRANÇOIS D'EPENOUX

GÉGÉ

ÉDITIONS ANNE CARRIÈRE

Pocket, une marque d'Univers Poche,
est un éditeur qui s'engage pour la préservation
de son environnement et qui utilise du papier fabriqué
à partir de bois provenant de forêts gérées
de manière responsable.

© S.N. Éditions Anne Carrière, Paris, 1994

ISBN : 978-2-266-25481-6

À Gégé et à Bonne-Michette.
À maman, dont la machine à écrire crépitait
pour moi tôt dans la matinée.

Première partie

1

À peine ai-je sonné à cette lourde porte dominant quatre marches qu'un pas grinçant se rapproche, léger, précipité, celui d'une ballerine sur l'avant-scène d'un théâtre. Lentement, presque délicatement, la porte s'entrouvre, laissant d'abord s'échapper le fumet rassurant du temps qui passe sans soucis. Et là, dans l'entrebâillement sombre, m'apparaît l'un des êtres les plus singuliers qu'il m'ait jamais été donné de rencontrer.

Une petite femme au corps de fillette, chétive et décharnée, penchant vers moi son visage d'oiseau martyrisé, dévoré par les tics, les rides et la crainte. Un petit rat de l'Opéra trempé dans le vitriol. Une souris de laboratoire, objet des expériences du mal, portant tablier bleu, col Claudine frais lavé et chignon haut perché.

Entre deux clignements d'yeux, étirements des commissures ou retroussements du nez, protégée par la porte, elle me demande avec un fort accent :

« Qu'est-ce que c'est ? »

Et moi, moi encore sur le seuil, moi encore à l'air libre, il me monte à la bouche la nauséeuse envie de lui répondre : « C'est la vie... », tant elle porte sur son visage les traces d'une existence marquée par la souffrance.

Je sais qu'elle s'appelle Germaine, mais ma tante, comme beaucoup, la surnomme Gégé.

Elle est à son service depuis plus de trente ans.

D'un coup, je ne sens plus rien de la valise grand format dont la poignée m'a scié les doigts depuis la gare Saint-Jean ; plus rien de ce sac de sport à large bandoulière qui s'est ingénié, pas après pas et cran par cran, à glisser le long de mon épaule droite, tirant et déformant les coutures de mon chandail, m'obligeant à des contorsions d'homme-serpent. D'un coup, pour tout dire, je ne sens plus rien, sinon, échappée de la porte, cette tenace odeur de temps et de soupe aux légumes.

Gégé se montre, non pas au grand jour, puisqu'il fait déjà nuit ; du moins se décide-t-elle à se débusquer de derrière cette salutaire protection de bois que constitue pour elle la porte d'entrée.

Elle me reconnaît. Elle dit : « *Fous êtes Jean ?* » J'opine du chef. Elle ouvre la porte comme on baisse un pont-levis.

J'entre. Et ce sera pour toujours le souvenir que je garderai de ce premier contact avec Bordeaux : un grand autobus rouge, des bagages pachydermiques, des murs noircis sous un soleil de feu comme ceux d'un âtre, une vieille femme-oiseau, une ruelle obscure, et le chaud parfum d'une soupe aux légumes.

2

Je vais très vite m'apercevoir que la vie s'écoule ainsi dans cette maison de deux étages, semblable aux milliers d'autres qui donnent à cette cité son air d'avant-guerre : onctueusement. Comme un potage épais sur lequel on souffle lorsqu'il brûle les lèvres. Ici, la vie se tiédit à contre-jour, à contrecœur, sur fond de vieilles tentures et de meubles anciens, dans un silence seulement entrecoupé de tintements de cuillers et de propos sortis de la bouche comme on sort d'un placard l'argenterie de famille pour les grandes occasions.

Je regarde ma grand-tante tandis qu'elle se ressert de café, doigts en anse de tasse et mains de porcelaine fendillée. Jusque-là, je ne l'avais jamais vue sourire qu'au fil des pages rêches de l'album de photos de mes parents.

À présent, je l'ai devant moi, telle qu'en elle-même, telle que la décrit sa légende. Elle est bien la plus jolie des quatre sœurs de ma grand-mère. Avec son diadème de cheveux blancs aux reflets argentés, son visage fin et son sourire qui sait s'épanouir en mille rides radieuses de gentillesse et de prévenance, son port de tête admirable et sa silhouette de jeune femme, elle compte, dit-on, dans Bordeaux plus d'un soupirant, octogénaires certes mais soupirants tout de même, encore émerveillés des fêtes données jadis par cette demoiselle sous les ors et les lustres d'un vaste hôtel des Quinconces où venaient s'aligner les plus somptueux coupés-chauffeur de Gironde, cette femme dont le temps, depuis, en fidèle serviteur, ne s'est guère permis d'altérer en quoi que ce soit ni le charme ni la grâce, ni la jeunesse de cœur ni la jeunesse d'esprit. Une beauté d'être et de paraître qui l'autorise à porter le cardigan carmin le plus élimé, les chaussures les plus bancales et le manteau le plus usé avec l'élégance d'une reine, et sans se départir de cet humour de vivre qui lui fait aimer les histoires légères presque autant que le Bon Dieu. Car, bien plus que d'avoir été, toute sa vie durant, une épouse modèle, une mère modèle et une grand-mère modèle, ma tante est restée une petite fille modèle. Espiègle et bien élevée. Sans cerceaux ni rubans, ni chapeaux, ni dentelles, certes, comme ceux qu'elle portait enfant en grelottant de froid dans la calèche de son père sur les chemins de Bigorre. Mais en ayant su garder, dans un coffret fermé à double tour, le plus précieux trésor que puisse se vanter de posséder une femme jalouse de ses secrets : la fraîcheur et la joie.

Tout cela, je le sais. Je le vérifie déjà. Débarqué de Paris mais surtout – ce qui est bien plus lointain – d'une autre branche de la famille, j'ai soudain l'impression d'être sinon un huissier, du moins un expert venu consigner l'authenticité du merveilleux tableau que l'on m'a si souvent dépeint. Peut-il d'ailleurs en être autrement ? La conscience appliquée dont je fais preuve dans cette démarche un peu mesquine n'enlève rien au plaisir que j'en éprouve.

Depuis cinq minutes, elle me considère.

« Dis-moi, Jean, combien de temps va durer ton stage ?

— Jusqu'au début de l'année prochaine, ma tante.

— Un an, donc.

— C'est ça.

— Et c'est un stage de...

— Informatique.

— Informatique. Ce sont les ordinateurs, et toutes ces choses-là ?

— Exactement. »

Elle soupire.

« Je n'y entends rien.

— E-xa-cte-ment ! » ânonné-je en me penchant, la voix forte. Et elle, piquée au vif, mais doucement :

« J'avais compris. Je disais : l'informatique, je n'y entends rien. Je n'y comprends rien, si tu préfères.

— Ah ! »

Je me sens rougir. Je suis gêné. Je bifurque :

« En tout cas, les parents m'ont chargé de vous remercier mille fois de m'accueillir comme ça... »

Elle a un sourire un rien narquois :

« Une fois suffira. Comment vont-ils, tes parents ?

— Oh ! Vous savez, toujours...

— Toujours séparés ?

— Toujours. »

Elle fixe le tapis de Smyrne d'un air égaré. Je m'attends au pire. Elle dit simplement :

« Que veux-tu... Nous n'y pouvons rien. »

Comme elle a raison ! Derrière ces quelques mots anodins se dissimule la vérité toute crue : Bordeaux n'a jamais rien pu faire contre la séparation, à Paris, de mes parents. Du moins la famille a-t-elle échappé, pour la forme, à cet affreux mot qui racle la gorge : divorce.

On m'a installé au deuxième étage dans une petite chambre presque voisine de celle de Gégé. En voilà une qui, en revanche, ne laisse pas de m'intriguer. Oh, bien sûr, mes parents m'en ont touché un mot. Ils m'ont du reste parlé de tout, vacciné contre tout, montré les itinéraires. À les écouter, on jurerait qu'il existe à Bordeaux une autre civilisation, une autre monnaie ou une autre langue, que sais-je encore ! Mais de Gégé, ils connaissent peu de chose, de sorte que moi-même...

Je sais que ma tante l'a dénichée, par l'intermédiaire des sœurs du Sacré-Cœur, dans l'une de ces boîtes à marins qui, loin du regard des honnêtes gens, dans des ruelles humides, se tassent honteusement contre les quais, les grues, les rails, le port de Bordeaux. On m'a dit qu'elle se produisait alors sur une pauvre scène, fille à matelots, putain minable, danseuse de pacotille. Fallait-il que les gars de la marine ne fussent pas regardants sur la marchandise, pas exigeants sur la chair fraîche ; fallait-il qu'au cours de leurs traversées ils en eussent rêvé, de chouettes pépées du port, pour accepter de monter avec ce rogaton, ce minuscule quignon de femme chantant des airs allemands façon Marlène Dietrich, ange noir aux ailes atrophiées qui, mon Dieu, ne possédait – et n'avait jamais dû posséder – ni les jambes, ni la voix, ni les yeux, ni à vrai dire le moindre point commun avec son illustre modèle sinon celui, paradoxal et abusif, de pouvoir malgré tout être désigné sous le terme de femme...

Femme !

Femme, ce raisin sec en bas résille, femme, cette pauvre petite chose détrempée, plate comme un comptoir, sentant l'éponge, la bière et la sueur ? Femme, cette créature édentée, au menton en galoche, aux petits yeux roulant sous des sourcils épais, aux bajoues couperosées et aux mains rouges comme du vin rouge, du gros vin rouge piqué pour les marins du port aux joues rouges de joie, eux aussi édentés, ouvrant des gueules larges comme des soutes et riant aux éclats devant cette crevette leur donnant en pâture la lointaine parodie de la grande Marlène... Femme, Germaine Schüller ?

Et elle de continuer de se donner en spectacle, de se donner tout court, dans la sciure et la moiteur, parmi les éclats de rire, les éclats de voix, les éclats de verre...

Légende ? Vérité ? Ou un peu des deux ?

C'est à tout cela que je pense lorsque je l'entends, dès les premiers jours de ma présence, sortir de sa tanière, m'obligeant d'emblée, et malgré elle, à vivre à son rythme, à marcher à son pas, au gré des couinements de sa porte, ouverte, fermée, réouverte et refermée – et cela combien de fois par soir ? – comme autant de mouvements animant la grande maison-horloge...

Car tout ici prend vie selon ce mécanisme : monter, descendre, aller, venir, déjeuner, dîner. Chaque geste répond à cet agencement secret, parfaitement réglé, auquel on ne peut se soustraire qu'au risque de tout bloquer. Moi-même, à peine arrivé, ne suis-je qu'une pièce de cet ensemble. Gégé aussi, depuis bien plus longtemps. Et comme si elle craignait que ce lent va-et-vient de balancier, au fil du temps et de son ressac, ne creuse davantage ses rides pour mieux la révéler, elle les dissimule sous une chevelure aussi épaisse que le mystère qui entoure son passé. Comme si cette toison opaque devait pour toujours protéger ses plaies, cacher ses stigmates, linge pudique jeté en mèches noires sur ce visage de grande accidentée de la vie.

Toujours est-il que, très vite, je me prends et me surprends à bien l'aimer, cette maison à la respiration lente. Je m'y sens comme chez moi ! Et chaque jour fait mentir les prédictions de mes parents. J'ai pris le pli des serviettes bien présentées qui attendent chaque matin à heure fixe sur la table du petit déjeuner, dans une odeur de pain grillé, de gaz, d'allumette fumante et de ce café brûlant que j'avale à la hâte, avant de partir en courant, une tartine à la main, attraper l'autobus qui me conduit tout droit vers la banlieue où mon stage m'absorbe. J'ai pris le pli des coussins larges où j'aime tant m'affaler, à mon retour, en attendant celui de mon oncle.

Il fait encore nuit quand je quitte la maison, il fait déjà nuit lorsque je la redécouvre le soir, plus chaude et embaumée d'une journée passée. Chacun joue son rôle. Je suis le « neveu-que-l'on-accueille-pendant-son-stage ». Ma tante vaque à des occupations mi-religieuses, mi-mondaines. Mon oncle travaille toujours malgré son âge, mais il n'est pas homme à lâcher les rênes de la société qu'il a créée. Et Gégé ? Gégé, on l'aura deviné, est employée aux mille petits travaux, aux mille petits services, aux mille petits détails qui font d'un lieu d'habitation une *maison,* une maison digne de ce nom. La vaisselle, un brin de ménage par-ci, par-là, le repassage des chemises blanches de mon oncle, en coton épais, les vitres, la serpillière, le marché quotidien, liste en main, l'époussetage des nombreux bibelots, figurines, portraits, gravures et petits meubles marquetés qui font de leur mieux pour ôter à ces lieux un peu de résonance et de solennité... Car si l'ameublement, les peintures et les sols ont l'empreinte du bon goût, de la patine et de l'éducation, il n'en reste pas moins que quiconque pénètre dans ces murs se sent bien plus petit qu'il ne l'est, et Gégé, courbée sur son aspirateur, à plus forte raison.

En échange de son aide, Gégé est nourrie, logée, et gratifiée des conseils, recommandations et directives que lui dispense ma tante, autant sans doute par souci légitime de remettre sa malhabile gouvernante dans le droit chemin que pour s'éviter les foudres de son époux, agacé dès le début par les exclamations intempestives, la démarche de canard et l'empressement exagéré dont fait preuve Gégé – il l'appelle Germaine – pour le servir. Ainsi, entre l'intransigeance de son mari, dont les diatribes à l'endroit de Gégé, fusant comme du venin, sont plus que fréquentes, et l'impertinence faussement naïve de celle qui en est l'objet, il arrive souvent à ma tante d'intervenir. Non sans timidité. L'arbitrage est risqué, surtout lorsqu'il s'avère pencher en faveur de Germaine.

Drôle de trio en vérité que celui formé par cette vieille dame pétrie de compassion, d'humour et de bonnes manières, cet homme élégant, secret et volontiers bourru, sec de silhouette et de repartie, fin de moustache et de psychologie... et cette petite femme, maladroite et meurtrie. Musique de chambre. Portes claquées. Injonctions feutrées. Échos de chuchotements. Tintement des verres de punch. Autant de minuscules silex que charrie le temps, depuis longtemps déjà, dans sa course paisible sous le ciel de Bordeaux, sans faire d'étincelles.

C'est peu dire que je m'en accommode. Je me laisse porter au fil du courant, avec délice et étonnement.

3

Par une sorte de chassé-croisé naturel, l'arrivée des beaux jours coïncide avec les premiers départs de mes hôtes pour Lacanau. Ils y possèdent, comme on dit, une villégiature. Logé depuis déjà deux mois, je me sens suffisamment en confiance pour les accompagner dès la première fois.

La voiture – une Peugeot 403 que mon oncle a gardée, refusant de sacrifier à ce qu'il appelle dans un sifflement la « frénésie de consommation » – est garée en face du 41, juste devant l'entrée de l'hôtel des impôts, connu pour avoir été pendant l'Occupation un QG allemand grouillant de bruits de bottes, de coups de sifflets, d'ordres hurlés, de vrombissements de motos et de camions bâchés.

Ma tante se fait toute petite. Elle sait que ce n'est pas le moment de déranger son mari. Celui-ci empile dans le coffre et sur la banquette arrière la montagne de bagages, de plantes et d'objets divers et plus ou moins utiles qui lui seront indispensables pour le week-end : « ballots » de son épouse – draps remplis d'affaires et noués d'un bas couleur chair en baluchons informes –, arbustes d'essences multiples dont les racines, pieusement préservées dans leur enveloppe de terre, ont été empaquetées dans du papier journal, outils de toutes sortes... sans compter les piles d'assiettes, les tubes de mastic, les arrosoirs, les bottes, et Gégé. Gégé assise à côté de moi, et dont la tête dépasse de cet amoncellement hétéroclite tandis que la berline s'élance dans la rue.

Ronde à la route comme un bon bordeaux l'est en bouche, moelleuse et enflée de bonne réputation, la 403 noire avale le bitume dans un souffle confortable et le glissement granuleux de ses pneus propres sur la chaussée bombée. Les genoux nappés d'une couverture à motif écossais, ma tante suçote des bonbons à la menthe – qui roulent sur ses dents avec un bruit d'osselets – et chuchote parfois un conseil de prudence – « Henri, s'il te plaît, ralentis » – rarement pris en considération. Et notre bel équipage de voguer posément sur la route de l'océan...

Saint-Médard, Sainte-Hélène... Les saints défilent, les pins aussi. Milliers de fûts, milliers de genêts, milliers de brandes jaillies des dunes comme l'écume à la crête des vagues. La nuit tombe sur la forêt. La pluie aussi, parfois, une pluie de Sud-Ouest au parfum de résine, épaisse et douce sur la mousse des sous-bois. Sur le tableau de bord en Bakélite, lisse, crémeux, derrière le grand volant crénelé fermement agrippé comme la barre d'un vaisseau, les lumières s'allument d'un seul coup, lumières d'une ville, vertes et rassurantes, et le silence n'est rompu que par le ronronnement des essuie-glaces dont le va-et-vient révèle parfois, rarement, les deux taches jaunes, d'abord imperceptibles puis peu à peu éblouissantes, d'un véhicule surgissant de cette route du bout du monde qui s'enfonce dans le noir, le sable humide, les cimes hautes, et au-delà, l'océan. L'océan, bête énorme qui gronde et mugit et souffle et ronronne comme un milliard de 403 roulant sur une route mouillée.

C'est drôle : des abords de cette route, Gégé connaît chaque détail. Chaque carrefour, chaque maison bien sûr, mais aussi chaque convecteur EDF, chaque affiche pour les cirques et les bals populaires, autant de repères connus d'elle seule. Elle me les montre du doigt, toute fière, sans un mot. Ici un écureuil de pierre sur un pilier de portail. Là une vieille guimbarde pourrissant dans les fleurs à la lumière d'un lampadaire. De tous ces brins de poésie elle se fait un monde à elle, qu'elle tourne et retourne dans son esprit à la manière des globes de verre qui font tomber trois flocons de neige sur la tour Eiffel ou sur la Vierge Marie.

Derniers virages, derniers villages – Le Moutchic, La Grande-Escoure – après les longues lignes droites. Et soudain, au détour d'un bouquet de chênes-lièges, annoncé par des pans de ciel apparus peu à peu de plus en plus immenses entre les cimes, l'étang. L'étang de Lacanau, chape de plomb sous la lune. Puis, quelques instants plus tard, le portail jaune, ébloui tout à coup, comme pris en faute par la voiture arrêtée devant lui, impatiente et haletante après sa longue course.

L'ordre des choses veut que l'on procède sans ménagement au réveil de la maison, villa crépie de blanc au vaste toit de tuiles descendant presque jusqu'au sable. Nichée entre dunes et pins, elle regarde le lac de ses fenêtres aux volets noirs sur lesquelles tombe la barre sourcilière d'une poutre massive supportant le fronton de ce que les maîtres des lieux appellent une « galerie ».

Déjà Gégé, comme à la patinoire, glisse sur le carrelage de la maison, déchargeant les bagages, posant délicatement sur le dallage de la galerie les différentes boutures emmaillotées dans les journaux, faisant chauffer l'eau pour un bouillon qui, même en cette saison, n'est pas de trop. Car le sable alentour sait garder en lui tout le froid de l'hiver, et la boîte d'allumettes posée sur le fourneau s'ouvre dans un frottement de carton humide.

Arrive peu après le moment de se glisser dans cette sorte de sarcophage polaire que l'on appelle communément un lit, et au fond duquel, happés jusqu'aux oreilles, nous cherchons du bout des orteils la bouillotte – une bouteille de limonade remplie d'eau brûlante et enveloppée d'un linge – que Gégé, à notre intention, a consciencieusement placée.

Le repaire de mon oncle embaume le mastic, la colle à bois, l'eau de Cologne et l'onguent. Que de pots, de tubes, de boîtes et de cageots entassés sur les armoires, la table de nuit, et même sur le côté du vaste lit recouvert d'un drapé rouge à fleurs ! La chambre de ma tante, exiguë et rose pâle, tapissée de photos et remplie à ras bord de flacons multicolores, fleure bon la rose et le fond de teint. Et Gégé ? Jouxtant la cuisine, composée d'un mobilier sobre mais confortable, sa niche n'est encombrée d'aucun effet personnel, excepté une petite mallette remplie de trois fois rien. Dans cette pièce il règne l'odeur sucrée des boules de gomme, seul petit luxe gourmand dont Gégé fait son miel. De ma petite chambre contiguë à la sienne, je l'entends sans cesse ouvrir et fermer le couvercle en fer-blanc.

Et les deux jours se déroulent ainsi, selon un rythme lent, au gré des changements de temps, fréquents dans la région. Sur le lac, risées et rayons de soleil se livrent à une course folle, rendant l'eau grise ou argentée, parfois dorée. Les roseaux, en spectateurs attentifs, opinent du chef, répandant leur rumeur de plage en plage, de barcasses en pinasses, rouges et vertes, échouées çà et là dans les marais. Vent, soleil, martins-pêcheurs et écureuils, crapauds et grenouilles, tout ce joli monde vaque à ses occupations dans ce décor sauvage de sable et de genêts, de pins et de mûriers.

Dans la maison, il en va de même. Tandis que Gégé range et fait le ménage, ma tante part faire quelques courses à bicyclette – une bicyclette Peugeot, cela va de soi : où la passion de mon oncle pour la célèbre firme va-t-elle se nicher ? Ne parlons pas des scies et des vilebrequins...

Outre l'intendance, elle passe le plus clair de son temps à raccommoder draps, édredons et couvre-pieds qui pour n'être pas tout à fait antédiluviens n'en ont pas moins subi les déluges nombreux causés par les gouttières dont souffre le toit de façon chronique. Pour s'adonner à cette minutieuse activité, elle chausse d'adorables demi-lunes, et, quand le temps le permet, s'installe dehors sur un fauteuil en rotin, son ouvrage sur les genoux et mille pensées en tête.

Mon oncle, de son côté, se consacre de l'aube au crépuscule aux sciences du jardinage et de la botanique. Piocher, sarcler, biner, tailler et arroser, ses journées se résument à quelques infinitifs. Fort de préceptes lointains acquis à l'école d'agriculture d'Angers, il s'obstine à faire pousser des poiriers dans le sable landais, non sans en avoir d'abord praliné les racines –

opération consistant à maintenir celles-ci dans un noyau de terre trempé dans l'eau... Tentatives infructueuses, si l'on en juge par la maigreur inquiétante desdits arbres fruitiers, mais dont il peut se consoler en contemplant le magnifique spectacle que son jardin offre malgré tout à l'œil du visiteur ; une réussite due certainement moins aux connaissances du vieil homme en la matière qu'à son acharnement à arroser ses plantes toute la journée, vêtu d'un immense pardessus et coiffé d'un chapeau en feutre brun en forme de cloche.

Champignon parmi les champignons, il se fond ainsi dans la nature : ensemble, et par la grâce d'une bonne volonté commune que n'entament ni le vent ni la pluie, ils ont su faire jaillir du sable et des aiguilles de pin toutes les composantes d'un jardin d'Éden inattendu, dont les petites allées, les sentiers secrets et les plates-bandes, malmenés parfois par les éléments, ont le charme d'une femme apprêtée que l'on décoiffe à peine. Arbousiers, buis, ifs et lauriers, œillets d'Inde et chênes-lièges, tous participent de cette harmonie à peine désordonnée, tous répondent ainsi par une juste beauté aux injonctions muettes mais persistantes de ce grand jardinier voûté, de cet amoureux transi sur le chapeau duquel les gouttes de pluie viennent parfois toquer comme un rappel à l'ordre.

« Alors, Jean, ce stage ? »

Cela fait environ dix minutes que, planté à mon tour parmi les genêts, je maintiens en hauteur un fil plastifié destiné au linge à sécher, à quelques pas de mon oncle. Lui arpente le terrain à grandes enjambées, le geste vague et impatient, prenant du recul, l'œil mi-clos, bâtisseur de pyramides...

En voyant les fourmis grouiller frénétiquement sur l'écorce d'un pin, tout près de moi, j'ai soudain l'impression fugitive qu'elles courent également à l'intérieur de mon bras. Celui-ci faiblit. Pour rien au monde je ne l'avouerais à mon oncle, lequel dresse toujours sur la comète des plans plus que grandioses auxquels se raccroche, outre les futures pinces à linge, l'envie de démontrer ses talents d'ingénieur.

« Et l'ambiance est agréable ? En quoi consiste ton boulot ? »

Toute la fourmilière s'est maintenant concentrée dans mon coude droit, et c'est vers elle que se porte mon attention. Mes réponses relèvent donc davantage de l'onomatopée que de la syntaxe, et je me jure de ne plus remettre les pieds dans cet endroit humide où un tortionnaire chapeauté, l'œil et le pantalon plissés, utilise ma haute taille pour mieux pressentir la grandeur de ses travaux de corde à linge.

Je n'ouvre pas la bouche pendant le trajet du retour.

4

Merveilleuse aubaine que ces week-ends d'escapades canaulaises ! Ils partent, je reste. Pendant deux jours, la maison est à moi. La maison est à nous.

Pour une fois en effet, je n'ai pas trop tardé à trouver l'âme sœur en la personne d'une Bordelaise stagiaire comme moi et répondant au doux nom de Carole.

Carole. Carole la généreuse, qui parle et rit et embrasse à gorge déployée, et dont la chemise Lacoste si joliment remplie donne soudain aux hommes l'envie d'en découdre à mains nues avec un crocodile. Carole aux jambes à la fois fines, musclées et un rien potelées, comme seules en possèdent les patineuses sur glace lorsqu'elles prennent de l'élan et que la vitesse ose lever un coin de voile sur leurs cuisses, tandis qu'en toile de fond défilent les spectateurs et les notes appuyées du *Boléro* de Ravel...

Après avoir longuement épié ses allées et venues dans les étages, et noté avec la précision d'un chef de gare – mauvais présage – les heures qu'elle choisissait pour faire ses pauses café, j'ai eu beau jeu de me calquer sur les horaires de la belle. Et de me trouver un matin devant la petite machine vrombissante pour lui tenir compagnie, le temps d'un café court, sans sucre et sans goût, mais avec plaisir et premiers mots échangés en tournant la cuiller.

Le printemps n'était pas là qu'elle avait déjà le teint mat et le cou un rien dodu des Bordelaises en bonne santé, avec l'Atlantique à deux pas et des plages infinies pour se muscler les chairs et les rendre plus tendres. Si bien qu'aux gobelets de plastique remplis de liquide lyophilisé ont succédé quelques gin-fizz place Gambetta, puis un dîner mémorable sur les allées de Tourny dont le nom ne pouvait mieux convenir à cette sensation que nous avons éprouvée, Carole et moi, en nous levant de table ce soir-là : dans un tourbillon capiteux soulevé par la brise venue de la Garonne, le bon génie d'une bouteille de saint-estèphe apparut sous nos yeux pour exaucer sans plus tarder le vœu inavouable que, d'ores et déjà, nous partagions – ses yeux parlaient pour elle.

Très vite l'affaire fut dans le sac, et nous sous l'édredon de ma chambre du second.

Une phrase clôture invariablement ces week-ends de bohème où nous déambulons dans la grande maison, dépoitraillés et l'air de fous, drapés dans nos couettes pour descendre l'escalier avec la majesté de consuls romains et nous livrer à des orgies de rire et de sauternes. Une phrase met un terme à l'impression de liberté dont nous jouissons tous deux, sales gamins usant et abusant de la confiance de leurs parents sortis dîner en ville. Une phrase, le dimanche soir, que Carole prononce toujours sans crier gare :

« Jean, ils vont arriver. »

Le rideau tombe. Pour mieux se relever aussitôt, révélant la réalité nue. Nous d'abord, cheveux en bataille, sentant le chaud et la sueur. Et les choses, les objets, rescapés, décapés d'un seul coup du vernis de magie qui les parait jusqu'alors. Au pied du lit, des bouteilles, des boîtes, des pots de yaourt vides. Un paquet de beurre entamé. Des chaussettes. Un soutien-gorge. Même l'atmosphère ! De chaude et d'intime elle devient irrespirable, et l'air qui a recelé mille et une caresses sent le renfermé.

« Jean, ils vont arriver. » À peine Carole a-t-elle disparu au coin de la rue que, de fait, ils arrivent. Les phares en fanfare. Le moteur triomphant. Le créneau impeccable. La voiture se range, libérant, toutes portières ouvertes, ses trois passagers courbaturés.

5

Le souffle déjà chaud d'un week-end de printemps va faire voler en éclats cette clandestinité. Partiellement du moins. Comme d'habitude le manège a commencé à peine tournée la clé de contact de la 403 et évanouies les deux braises allumées à la poupe de la ronde berline. Non je n'ouvrirai à personne sans m'être assuré de la bonne mine du visiteur. Non je n'oublierai pas d'éteindre le gaz à chaque départ. Oui l'électricité coûte cher et je m'en rends compte puisqu'une partie de la note bimensuelle m'est réservée. Oui oui je prendrai soin de noter chaque message. C'est ça c'est ça et bonne route. La voiture disparaît, Carole apparaît, appétissante, toute craquante, toute dorée comme les tourtes chaudes de la boulangerie Brun. Elle porte une robe en vichy bleue, des sandalettes blanches, un sac de plage rayé et toute l'assurance de sa beauté.

Nous dînons aux chandelles dans le petit salon, fenêtres grandes ouvertes sur le jardin planté de deux cyprès. Les premiers vols de martinets griffent le ciel en répandant dans l'air l'écho de leurs stridulations. Les murs des maisons exhalent un soupir chargé d'odeur de pierre et de soleil et de quiétude, tandis que dans la pièce, parmi les formes diffuses, ne saillent plus que les reflets de quelques meubles et bibelots : ici le cartel surmonté d'un char de bronze, là le cuir d'un fauteuil et la reine d'ivoire de l'échiquier ; ici la feuille d'or d'un cadre XVIIIᵉ, là le coin d'une commode en merisier. Et, en face de moi, une carafe en cristal taillé sortie le cœur battant d'une encoignure fermée à double tour, les verres assortis, la bouteille de médoc, les lèvres humectées et les yeux de Carole comme des perles rares.

Soleil. Soleil, le lendemain, sur la terre battue des Quinconces, pommelée de lumière sous les frondaisons de platanes amis. Soleil allumant les pare-brise des voitures, les vitraux des églises. Soleil dans les rues aux trottoirs brûlants, et Carole marchant comme un chat qui a peur de se mouiller les pattes dans les flaques de feu...

Nous rentrons chargés de chaleur et de vent comme les pierres des murs. Et le grand vestibule de la maison repousse prestement la porte derrière nous pour nous prodiguer sa fraîcheur divine, linge pur et blanc appliqué sur le grain d'une peau parfumée de moiteur. Feuille de sensitive sur une perle d'eau, la main de Carole se referme sur la mienne et m'entraîne vers le haut.

Nous en sommes à nous asperger d'eau dans la salle de bains lorsqu'une porte claque soudain à l'étage du dessus. Gifle sur nos oreilles mouillées. Souffle coupé, nous nous figeons. Et, *clac, clac, clac,* trois secondes durant, entre les carrelages bleus qui résonnent encore de l'écho de nos cris, le silence reste suspendu, à l'image des grosses gouttes d'eau tiède qui se succèdent sur le nez enrhumé du robinet de la baignoire pour finalement s'étirer et à regret se laisser choir dans l'eau dont le ressac, autour du buste de Carole, s'apaise peu à peu. *Clac, clac, clac.* Nanti d'une blanche et fort patriarcale barbe de mousse à raser et noblement enveloppé d'une serviette éponge, je profère alors, le doigt en l'air et le ton docte, cette parole historique : « C'est un courant d'air. » Il n'en faut pas davantage pour que les jeux repartent de plus belle : natation sur place, lancer de gant-éponge, sans parler d'une discipline olympique ignorée – à tort – dans l'Antiquité et qui consiste pour l'athlète à lancer un savon dans une poubelle à coton maintenue ouverte par son partenaire...

Le score en est à six points à quatre en faveur de Carole. Profitant alors d'une accalmie providentielle due au shampoing qui lui pique les yeux et qu'elle tente d'évacuer à grandes ablutions désordonnées, je décide de vider sur ses cheveux mousseux une pleine bassine d'eau glacée.

Radical ! L'effet est radical : dans un grand cri de mouette, elle se cambre, creuse le dos, seins en avant, bouche grande ouverte et doigts écartés, battant l'air comme pour s'envoler, les genoux pédalant comme des bielles emballées dans un bain d'huile bleue. Clignant des yeux, haletante, elle reprend son souffle juste pour hurler « Salaud ! », se lève, ruisselante, les pieds grinçant sourdement sur l'émail au fond de l'eau, puis se ressaisit, empoigne un peignoir en éponge, y glisse un bras, puis l'autre, en noue la ceinture et, armée de la bombe de mousse à raser, s'élance d'un bond à ma poursuite, mi-rieuse, mi-furieuse, les pieds trempés clapotant au rythme de sa course en laissant sur le plancher des traces régulières.

Après une course folle à travers les chambres où je lui échappe de justesse en grimpant sur un lit, nous repartons dare-dare, serviettes et peignoirs au vent, poussant des cris de Sioux, vers l'escalier où les marches menant au deuxième m'apparaissent soudain comme la seule retraite envisageable : quatre à quatre, ahanant, suffoquant, agrippé à la rampe, je grimpe vers ce palier où la paix, sans conteste, ne va pas tarder à être signée.

J'atteins le sommet au moment où Carole, encore au premier étage, s'apprête à gagner mon repaire. Vainqueur, je fais face à l'escalier, dominant ma compagne de jeu qui, épuisée, s'assied en riant sur une marche. J'entreprends alors de pousser le grand cri de Tarzan non sans me tambouriner le torse avec une conviction d'autant plus grande que Carole, entre deux hoquets, n'en finit pas de rire, jusqu'à en perdre haleine. Ce fou rire m'encourage dans ma démarche tonitruante. Je m'en donne à cœur joie, hurlant et rehurlant. Mais tandis que, passé maître dans l'art de jodler sauvagement, j'attaque pour la quatrième fois la célèbre clameur – battant ainsi le rappel des éléphants, des tigres et des hippopotames –, tandis qu'avec ferveur je grimpe, sinon dans un baobab, du moins dans des aigus toujours plus incertains, un loquet s'actionne juste derrière moi. *Clac.* Mon cœur s'arrête. La porte s'ouvre grande, j'en sens le souffle. Je me retourne. Mon dernier cri tombe comme une fusée foirée.

En face de moi se trouve une statuette de chair et d'os, de tics, de gêne et de silence : Gégé. Gégé ! Gégé qui, pour sa part, ouvre, entre deux rictus, une bouche édentée et des yeux écarquillés devant le spectacle navrant d'un jeune locataire à demi nu qui, le mollet velu, les cheveux en bataille et une ridicule petite meringue tremblante de mousse à raser sur l'occiput, se prend pour Tarzan face à une Jane maintenant silencieuse, alors que, devant tant de honte, éléphants, tigres et hippopotames ont déjà, et fort légitimement, rebroussé chemin.

« Ah, vous êtes là, Gégé ! » dis-je avec une perspicacité qui définitivement fait passer le roi de la jungle pour le roi des abrutis.

Sans doute parce qu'elle n'a pas d'autre choix, Gégé acquiesce. Comment n'ai-je pas vu que sa tête manquait dans le bric-à-brac insensé accumulé sur la banquette arrière de la 403 au moment du départ ? Pourquoi mon oncle et ma tante ne m'ont-ils rien dit ? Et comment Gégé a-t-elle pu rester plus d'une journée durant, en ermite, claquemurée dans son cagibi ?

Après un court instant de totale perplexité, une petite liane minable se présente devant moi. Je la saisis :

« Gégé, vous ne direz rien ?... »

Dans un premier temps, elle ne dit effectivement rien. Puis, détachant chaque syllabe, elle se contente d'assener avec aplomb :

« Chamiais che n'ai parlé. »

6

Est-ce ma faute ? Est-ce ce petit secret de plus ? Gégé, d'un coup, puis de petits coups en petits coups, s'est remise à boire. Et quand Gégé boit, elle boit beaucoup. Elle ne boit pas, elle se bourre la gueule à s'en péter les veines, à s'en arracher le cœur, à s'en déchirer la mémoire.

Car quand Gégé touche au vin, elle touche au sublime. Par l'un de ces mystères que feignent d'ignorer les Purs, sa foi dans les hommes est juste à la mesure de son ivrognerie. Au doigt et au degré près. Foi dans les hommes malgré tout. Sang du Christ et sens du Tout. Et si chez elle tout reste lettre morte, la vie reprend le dessus avec plus de force encore que les plus belles phrases : planquée dans sa soupente, immense sous les étoiles, les chaussons bien posés sur le linoléum, la jupe retroussée sur ses genoux d'enfant, avec l'armoire pour retable et le lit pour autel, Gégé célèbre sa grand-messe, portant à ses lèvres, non pas comme un ivrogne mais comme un prêtre magnifique, le calice de vin, verre à moutarde translucide, le calice de sang et l'amour du Christ qu'elle n'a jamais eu. À sa santé. Et sans rancune. Et cet amour du monde coule dans ses veines et irradie son corps et réchauffe

35

son âme, faisant d'elle une sainte bourrée de côtes-du-rhône, une sainte aux louanges empestées, aux bras écartelés, au corps de martyre, fixant son verre comme un vitrail et y voyant une femme dont elle ignore jusqu'au nom : elle-même, la tête dans les étoiles.

Le hasard a voulu qu'un de ces jours de beuverie splendide M. Comté soit invité à déjeuner.

M. Comté, sans le savoir, porte beaucoup de choses.

M. Comté, d'abord, porte bien son nom : tout respire en lui l'équilibre, la mesure et cette pondération que l'on cultive comme la vigne dans le Bordelais, pour la faire vieillir avec soi.

M. Comté porte également un costume sans âge, un costume de sous-préfet de la Troisième, gris foncé, épais, qui tombe parfaitement sur ses petits souliers de réglisse.

M. Comté porte enfin une admiration sans bornes à mon oncle – plus ample, plus racé, et plus autoritaire que lui – ainsi qu'une affection non moins grande à ma tante, qu'il sait lui témoigner à grands renforts de boîtes de bonbons dont lui-même, d'ailleurs, et par une étrange identification, a toujours l'air d'être tout droit sorti : rond, sucré, les cheveux calamistrés, brillants, et sans doute collants comme des berlingots, il possède quelque chose d'édulcoré, de délicieux et, pour tout dire, de fondant. On ne lui connaît guère d'épouse. Est-elle morte, s'est-il jamais marié ? Nul ne le sait. Pour tout le monde, M. Comté est l'associé de mon oncle, celui qui apporte des bonbons aux enfants en tentant vainement de se rappeler leur prénom.

Convié à dîner à 20 h 30, M. Comté sonne à la porte à 20 h 30, non sans se féliciter d'une ponctualité qui est chez lui comme une seconde nature.

Il attend.

Sonne de nouveau.

Attend encore.

Le vitrage dépoli qui surmonte la porte s'éclaire enfin. On vient. Nulle course grinçante de vieille ballerine, pourtant. Nulle précipitation. Rien de ces « *Foilà ! Foilà !* » qu'il aurait reconnus entre mille.

Ma tante lui ouvre.

« Monsieur Comté ! » s'exclame-t-elle.

À peine a-t-il franchi le seuil de la maison que ce vieil habitué des lieux sent sa moustache frémir. De son petit nez rond, il hume quelque chose d'anormal. De ses petits yeux ronds, il voit bien, à l'air de son hôtesse, que quelque chose, précisément, ne tourne pas rond.

On me présente sans trop s'étendre tandis que ma tante l'accompagne dans le petit salon. Il y trouve mon oncle enfoncé dans son large fauteuil, un fauteuil club aux accoudoirs épanouis, d'un cuir rouge patiné par les générations de vestes en tweed que porte celui qui, de tout temps, a été l'utilisateur exclusif de ce trône imposant.

Mon oncle, d'un geste brusque, pose son journal comme on abat ses cartes, salue, l'air nerveux, son vieil acolyte et l'invite à s'asseoir.

Celui-ci disparaît aussitôt dans les coussins mouvants du canapé, véritable piège à postérieurs dont on ne peut s'extraire qu'au prix de grands élans d'épaules, cou tendu et articulations craquantes, comme un poulain se dresse hors de son lit de paille. Il admire une fois de plus le raffinement de ce vieux rose qui couvre les murs, la haute fenêtre laissant se dessiner à peine, derrière ses voilages, les contours du jardin, et ces tableaux choisis, ces gravures anciennes, ces portraits d'ancêtres qui ne vous laissent jamais vraiment l'impression d'être seul.

La nuit tombe. On allume les lampes. L'atmosphère de boudoir qui règne dans cette pièce n'en est que plus prononcée. Mon oncle creuse ses joues davantage tirant à l'envi sur sa Boyard maïs avant de la pincer de sa longue main veineuse dans un nuage de fumée ; ma tante, genoux de biais, tête penchée, se tient assise à l'extrémité de son fauteuil à elle, jumeau de l'autre, et qui semble la porter avec les précautions d'un gorille portant un papillon.

M. Comté, dont le canapé, décidément, semble ne vouloir faire qu'une bouchée, parle du cours du sucre, de sa maison au Cap-Ferret et de ses rhumatismes. Ses propos, légèrement soporifiques, ne rencontrent tout d'abord comme écho que celui du verre de punch qu'il ne cesse de porter à sa bouche sans pour autant s'interrompre, distraitement occupé à vouloir happer le zeste de citron qui en tapisse le fond. Douce quiétude. Mais de courte durée. Car, alors qu'il révèle à l'auditoire tout le bien qu'il pense de l'année 82 pour les premiers crus de médoc, c'est une résonance d'une tout autre ampleur qui, venue du haut de l'escalier, lui répond soudain : le rugissement caverneux, abominable, déchirant, d'un ours fou que l'on vient de castrer.

M. Comté se pétrifie d'un bloc, comme pris dans ses glaçons, son grand cru sur le bout de la langue et la moustache aux aguets.

Ma tante reste d'une immobilité ostensible : elle semble se préparer à ce qu'il est convenu d'appeler, d'emblée, un débordement.

Mon oncle souffle, moins pour cracher la fumée de son mégot que pour manifester son dépit.

Chacun cherche ainsi l'attitude idéale à adopter pour ne pas perdre la face lorsque soudain, comme venu à nouveau du fond d'une grotte, du fond de la détresse, éclate une seconde détonation : un braillement, bien plus aigu que le premier, bestial, arraché, suivi d'un hululement de chouette hystérique. Cette fois-ci, M. Comté prie le ciel de le faire disparaître définitivement dans les coussins du canapé, tandis que ma tante, fixant le sol d'un œil éperdu, se met à répéter dans un murmure : « Elle est ivre morte. » Et, comme pour restituer toute l'étendue d'un désastre annoncé : « Iiiiivre morte. » Je regarde mes pieds comme si je les voyais pour la première fois.

Là-haut, ça continue. Gégé lâche ses cris comme on lâche ses chiens : ils dévalent les marches quatre à quatre, frôlent les plinthes, rebondissent de mur en mur pour surgir enfin sur la moquette rouge du petit salon et y mourir dans un dernier jappement, un dernier hoquet, un dernier sursaut. J'entends Gégé, je la sens qui approche, et son image m'emplit les yeux aussi sûrement que si elle était déjà là.

Car tout cela ne fait que commencer ! Entraînée dans l'escalier par ses propres vociférations, par sa meute de bâtards reniflant dans les coins, Gégé a entrepris de descendre les marches une par une, avec la superbe d'une star de music-hall : elle qui n'a pas perdu de ses réflexes de danseuse semble vouloir mettre dans cette démarche un reste de conscience professionnelle. Ses talons claquent sur la pierre. Et elle chante, et elle gueule, et elle hurle, miaule, glapit, brame, bestiaire à elle seule, femme-orchestre jouant de toutes les gammes de cris comme d'une trompette, d'une grosse caisse et d'un harmonica à la fois ; et plus ces cris, ces couinements se rapprochent de la porte ouverte du petit salon, tout droit sortis des boyaux de Gégé et des entrailles de la maison, plus le silence s'épaissit dans la pièce enfumée. Maintenant que la meute est tout près, mon oncle, ma tante, M. Comté et moi-même sommes aux abois. À cette minute précise, le temps semble stagner comme l'eau d'un marais. Pour parfaire le tableau, il en monte même des vapeurs de Boyard.

L'anxiété est à couper au couteau et l'inquiétude à son comble lorsque, précédée de grognements, d'effluves de gros rouge et de son ombre courte, Gégé fait son entrée.

Et quelle entrée !

Accoutrée d'un uniforme de l'Armée du Salut bleu marine, coiffée d'un calot de guingois qui lui tombe sur l'œil, à peine découvre-t-elle l'assemblée effarée qu'elle se met en devoir d'exécuter fièrement un salut militaire. Jamais cette petite femme, qui maintenant se tient au garde-à-vous dans l'embrasure de la porte en me fixant avec insistance, ne m'a paru si grande. À moins que ce ne soit le contraste avec M. Comté, de plus en plus tassé dans ses coussins mangeurs d'homme.

Silence.

Coude hésitant, cou droit, une main à la tempe et l'autre le long du corps, le regard au loin, un rien dément, les jambes serrées dans sa jupe droite et la silhouette vacillante, Gégé ne bouge plus pendant quelques secondes qui paraissent des années. C'est à peine si son menton, petit os en pointe rentré dans sa bouche et lui tenant lieu de lèvre inférieure, roule de temps à autre, de plus en plus humide et de plus en plus rouge. Coup d'œil à mon oncle, qui la toise au-dessus de ses montures d'écaille comme il toiserait un saint-bernard en train de déféquer sur son tapis persan. Au bout d'un long moment, ma tante se risque :

« Eh bien, Gégé, vous ne dites pas bonjour à M. Comté ? »

Réponse de l'ivrogne, la trogne cramoisie tranchant avec la blancheur sage du petit col boutonné haut :

« *C'est moi le général de Pôrteaux ! Général teu Pôôrteaux ! Teu Pôôrteaux !...* »

Voilà maintenant qu'elle lève les genoux bien haut, exécute sur place une marche de majorette, la main toujours collée à la tempe – « *Ich bin der General ! Général teu Pôôrteaux !* » – avant que de scander : « *Heili, heilo, heilo ! heili heil...* »

« Gégé ! »

Le mot a fusé comme une salve de peloton d'exécution. Balles perdues : Gégé se tord de rire. Ivre de mauvais vin et de fierté, ivre de sa gloire, elle est pliée en deux. Penchée en avant, frappant parfois des mains pour mieux marquer sa joie et applaudir son audace, elle semble même au comble du bonheur. Son menton va et vient d'un côté à l'autre et ses yeux disparaissent sous des rides de joie tandis que l'on aperçoit, entre deux ruminements, pointer les deux ou trois dents qu'elle possède encore. Puis, reprenant ses esprits, atterrissant rudement après son voyage, la voilà qui annonce dignement en frottant de ses mains son ventre d'enfant : « *Le punch ! Che fais chercher teu hôtreu punch !* » avant de faire volte-face en direction de la cuisine – « *Le ponchette ! Le ponchette !* » – et de s'éloigner, de sa démarche de palmipède, rassérénée par le caractère réalisable de la mission qu'elle s'est elle-même confiée, et laissant derrière elle une haleine robuste et un silence consterné.

La cuisine. C'est là qu'elle officie. C'est là son domaine, en plus de sa mansarde où tombent les étoiles comme des pièces d'or au fond d'un puits.

Ici elle règne en maîtresse, dans ce royaume sombre, aux murs jaunes, visqueux, zébrés de traînées grasses, au carrelage collant d'éclaboussures de sauce et de détergent séché, univers négligé dont les vitres opaques protègent du regard des passants les plinthes velues de poussière grise, les ustensiles obsolètes et surtout la cuisinière à gaz dont le dysfonctionnement chronique constitue pour eux un danger permanent : l'émail poisseux qui en sépare les becs, auxquels la main tremblante de Gégé donne de temps à autre quelques miettes de feu, les sédimentations diverses qui le recouvrent, parsemées d'allumettes torses et calcinées, tout cela, pour dire la vérité, ne laisse rien augurer de bon pour les habitants du quartier et, qui sait, pour la ville de Bordeaux tout entière.

Gégé ne faillit pas à sa mission. Bombardée une fois de plus grand maître de la cérémonie du punch, elle sait avec brio prendre en main ce qui est, rue Thiers, bien plus qu'un simple apéritif à base de rhum et de sirop de sucre : une véritable institution, avec ses règles –

sinon ses rituels – et son recueillement. Un nectar dédié aux dieux du Temps et de la Tradition, dont la couleur brune de vieille photographie reflète à elle seule une époque où mon oncle, portant pantalon blanc et chapeau à rebord, traversait l'Atlantique sur de vastes trois-mâts pour faire commerce de rhum avec les Antilles.

Du petit salon, où les conversations ont repris, où mon oncle, mieux calé dans son fauteuil, fait porter la responsabilité de cette scène « grotesque autant qu'absurde » sur les frêles épaules de son épouse ; de cet écrin de tissus rares et de cuir rouge j'entends Gégé s'affairer dans son antre. Je l'y rejoins pour l'aider à sortir de leur paquet les biscuits salés de marque inconnue ; peler une infime pellicule de zeste de citron – « Seulement le zeste, Germaine, seulement le zeste » – à l'aide d'un couteau à dents microscopiques prévu à cet effet ; et préparer les glaçons.

Les yeux mouillés sous son ampoule, elle se concentre, me jetant par moments des regards furtifs. Ses petites mains s'agitent, couleur ivoire, striées de brun, savons luisants sous le robinet, ses mains se frottent, polies par l'eau, amenuisées. Gégé s'active en reniflant, animée par la volonté de bien faire propre aux gens un peu soûls. Et comme je veux la remplacer, elle me jette comme un torchon : « *Ça fa, ça fa, merci.* »

Gégé souffle, Gégé souffre. Elle n'en veut à personne, sauf à moi, peut-être. Son calot de carnaval lui tombe sur le front. La mission est plus ardue que prévu.

Minuscule au regard du monde, elle est à la hauteur. Et notre petit secret, et le rire de Carole tintent sûrement dans sa tête comme les cuillers à punch dans les hauts verres à pied.

7

Ce soir, et à sa demande, j'emmène Carole dans un restaurant spécialisé dans les fruits de mer, à l'autre bout de Bordeaux. Grand seigneur, je hèle un taxi. À peine assis sur le Skaï poisseux de chaleur et de fessiers suants, j'ai le sentiment que la soirée commence mal. Histoire de se mettre dans l'ambiance du dîner, nous rissolons à l'arrière de la 504 Diesel comme ces crépinettes à l'huile dont les Girondins accompagnent leurs huîtres.

J'ai toujours eu horreur des fruits de mer. Mon premier rejet, sans équivoque aucune, remonte à mes sept ans : au cours d'un repas de Noël, j'ai entièrement redécoré le sapin après avoir mal digéré une mouclade à la charentaise. Ce souvenir m'est resté en travers de la gorge. Et aujourd'hui encore l'idée de me retrouver en tête à tête moins avec ma compagne qu'avec un plateau à trois étages débordant de varech, de langoustines sans expression, de bulots gélatineux, d'huîtres imputrescibles, de coquillages casse-tête et de moules obscènes réapparaît comme la pire des hérésies en matière de romantisme.

Mes craintes se révèlent plus fondées que jamais. Non contents de pénétrer dans un lieu faussement authentique, tapissé de tissu cramoisi et de marines en croûte, nous nous retrouvons entourés de vieux crabes notables qui suivent d'un œil vitreux les hanches de Carole en la voyant passer à portée de pinces.

Je commande une pièce de viande, bien rouge, bien simple, aussi rouge et aussi simple que l'étaient les cuisseaux d'aurochs cuits au feu de bois dans la caverne de l'homme de Cro-Magnon. Tout le contraire, en somme, de l'échafaudage sophistiqué qu'un garçon pose avec componction juste au centre de notre petite table, à l'intention de Carole.

Bien que les yeux de celle-ci soient presque entièrement cachés par des pinces de crevettes, je vois bien qu'ils brillent d'une excitation avide. Sa bouche se renfle d'un petit bec de saucière que je ne lui avais jamais vu.

Parcourant des yeux le haut du monticule bordé de glace pilée, elle s'organise d'emblée, sans un mot mais avec une dextérité suspecte : le couteau dans une main, le pain de seigle dans l'autre, une palourde saisie, un citron pressé avec agilité.... Elle fait preuve d'un tel enthousiasme devant ce champ de bataille où se trame déjà une victoire certaine que j'en reste les mots au bord des lèvres, mâchonnant mes idées comme elle ses crustacés. Elle ne déguste pas, elle *s'affaire*. Elle ne mange pas, elle absorbe. Elle ne se nourrit même pas, elle en pince pour ses putains de langoustines en leur croquant la queue d'un air satisfait. Je suis proprement horrifié de ces bruits de succion, de ces babines luisantes tout à coup retroussées sur une chair de mollusque entre deux mains juteuses animées d'une vie propre, agrippées à leur proie comme des araignées de mer, et le plus incroyable est que, toute à son décorticage vorace, elle ne s'aperçoit même pas de la gêne profonde qui m'engloutit alors.

Voilà ce qu'il reste de notre dîner en amoureux. Mon steak a été avalé avec une digne sobriété. Mais de l'autre côté ne règne à présent que le lourd silence qui succède aux batailles. Assiette jonchée de coquilles vides, de têtes décollées, de pattes écartelées, d'animaux amputés et de citrons saignés à blanc, baignant dans leur jus, tout n'est que désolation.

Alors seulement elle relève la tête en s'essuyant les mains, hausse le menton à la façon d'un capitaine de dragon victorieux, pose son sabre sur de la mie de pain, sourit en dévoilant deux canines où, coincé, subsiste un morceau de crevette, puis s'humecte les lèvres et ouvre grande la bouche. Pour parler ? Allons donc : elle vient de repérer un bulot oublié sous une algue glauque. Elle n'en fait qu'une bouchée qui lui enfle la joue tandis qu'enfin elle me demande :

« Tu as fini ? »

Et là, j'ai envie de lui répondre : « Ça, pour être fini, c'est fini. » Mais, pour passer le temps et remplir les blancs, j'ai vidé entièrement une bouteille de château-brondelle 1988. L'ivresse est déjà une forme de pardon, et la main qui se pose sur la mienne me fait immédiatement passer l'éponge sur les reliefs de son assiette dévastée. Les crèmes brûlées se font attendre. Le pire est à venir :

« Mais c'est qui, en fait, cette Gégé ?

— Comment ça, "cette Gégé" ?

— Gégé, si tu préfères.

— Ma tante l'a recueillie y a une trentaine d'années...

— Où ça ?

— Dans un bar. Elle était danseuse.

— Danseuse, Gégé ? Mais tu l'as vue ?

— Je l'ai vue.

— T'as vu sa tronche ?

— Elle n'y peut rien.

— De là à danser...

— Elle danse peut-être très bien. »

Je suis en train de me demander si elle n'a pas un jour gobé un crabe vivant qui lui a dévoré la moitié des neurones. Il y a un silence. Elle creuse hargneusement la mie d'un croûton de pain. Elle devrait en rester là. Mais elle reprend :

« En tout cas, moi, elle me fait peur. Qu'est-ce qu'elle a bien pu foutre pendant deux jours, toute seule, dans sa chambre ?

— Elle rêvait. Ou elle se souvenait. Ou elle priait. »

Elle revient à l'essentiel :

« Mais qu'est-ce qu'elle a pu manger ?

— Des boules de gomme. »

Elle capitule. Gégé serait fière de moi. J'ai réponse à tout.

Ce soir, Carole mérite d'être consommée comme elle a elle-même consommé ses fruits de mer : avec gloutonnerie, inélégance et désinvolture.

8

Elle a le chic pour beurrer sa biscotte sans l'écraser.
La lame emporte une tendre vague de beurre qui
s'amenuise au fur et à mesure que le couteau avance,
tapissant parfaitement le petit rectangle doré que ma
tante tient à plat, à la façon des illusionnistes lorsqu'ils
s'apprêtent à faire disparaître une carte à jouer en lui
lançant un sort de la main. Puis, le sourcil levé et les
doigts en pince à sucre, l'incorrigible gourmande
plonge délicatement sa cuiller en argent dans un pot de
gelée de cerise, dépose son contenu en deux petits
coups secs sur ladite biscotte, avant d'en recouvrir de
fruit rouge le lit crémeux et uniforme en un long
mouvement de va-et-vient. C'est à ce moment-là, et à
ce moment-là seulement, qu'elle consent à considérer
son œuvre, à en juger la finition, à l'observer – comme
un chat une souris assommée – pour finalement et
effectivement la faire disparaître. Non par quelque
tour de passe-passe. Mais plus simplement en deux
bouchées croustillantes, mordues à pleines dents – et
comme à regret – au cœur de la biscotte, engloutie puis
broyée sans autre forme de procès et laissant, couleur
sang, quelques gouttes de jus sur les doigts de la vieille
dame.

Il fait trente-cinq degrés à l'ombre dans les rues de Bordeaux, mais ma tante tient de ses expéditions en Afrique du Nord la certitude qu'une tasse de thé rafraîchit davantage qu'un verre d'eau glacée. Ce en quoi elle n'a pas tort. Le plaisir évident qu'elle éprouve à absorber un breuvage aussi fumant que le goudron de la ville sous un feu de purgatoire a tout de même de quoi surprendre. À sa façon directe, elle me tire de mes songes.

« Jean, que dirais-tu de venir à Lacanau cet été ? »

Elle prolonge le supplice d'une biscotte à demi croquée, maintenue en l'air, vulnérable.

« À Lacanau ?

— Mais oui... à Lacanau... Nous y passons toujours le mois de juillet et le mois d'août... Tu pourrais y faire mieux connaissance de tes cousins... »

Les cousins ! Les redoutables cousins ! Tous des bêtes à concours, scouts toujours prêts à faire état de leurs exploits, tous athlétiques, aussi sûrs d'eux à la barre d'un voilier qu'en train de plancher sur leur sujet d'arithmétique, tous complices, tous comme les doigts de la main, terrifiante fratrie de conquérants au verbe haut et au rire sonore... Pour les avoir croisés au hasard de réunions familiales, j'en garde un souvenir angoissé. « Mieux faire leur connaissance » me glace. Mais ma tante continue, pensive :

« ... Et puis tu dormirais dans la chambre à bateaux... »

Crac. Avalée la biscotte, tout entière, et moi avec : à la seule évocation de cette petite chambre que j'ai visitée lors du week-end d'avril, une bouffée de vent, de pin et de résine s'engouffre dans la pièce pour me faire ployer comme les joncs sur la plage de l'Escourette et débusquer de son nid la phrase que je m'entends alors prononcer :

« Je suis très touché de votre invitation, ma tante. Je viendrai avec plaisir. Mais il faut d'abord que je me renseigne au bureau pour savoir combien de jours de vacances je peux prendre... ».

Elle a un sourire de joie réelle et s'exclame :

« Magnifique. Alors nous comptons sur toi. »

C'est ce que j'aime chez ma tante. Elle va toujours droit au fait, sans détour. Le débat est clos et une clé tourne dans la porte d'entrée : c'est mon oncle. On l'entend s'approcher. Il accroche son feutre dans le vestibule, fait irruption dans la pièce dans un vent chaud, le front moite, le costume à peine froissé, et l'air... ouf, de bonne humeur. Encouragée, ma tante annonce avec son emphase coutumière :

« Henri, Jean viendra à Lacanau cet été. »

Sujet, verbe, complément. La grandiloquence, décidément, est aussi peu de mise dans cette maison que le Coca-Cola et les chewing-gums à la fraise. Tout en se calant dans son large fauteuil, mon oncle répond : « Parfait. » Avant de se laisser aller : « Eh bien, Jean, prépare-nous donc un punch. » La séance est levée. Moi aussi, déjà en route vers la cuisine où, en allumant la lumière, je trouve le plateau déjà prêt. Et Gégé, toute fière, des tics plein le visage, en train de râper les zestes de citron en me faisant deux gros clins d'œil – l'un volontaire, l'autre non – au-dessus de ses bonnes vieilles prunes de pommettes ridées.

9

M. Cordier attend le rendez-vous de la retraite avec une impatience d'amoureux transi. Il voit en elle une belle femme mûre qui, le jour venu, saura l'envelopper d'une chaude écharpe parfumée. Ce jour-là, il sera un enfant revenant de l'école que sa maman attend pour lui donner son goûter sur le banc d'un square jonché de feuilles mortes. Pour l'heure, il part en vacances avec femme et enfants, et ce n'est déjà pas mal.

J'ai attendu ce jour de grâce, à la fin de juin, pour lui formuler ma requête.

Je frappe à la petite porte de son petit bureau de petit chef du personnel. À l'intonation joviale du « Entrez ! » je sais que la partie est gagnée. J'entre, sur la pointe des pieds, comme pour ne pas déranger. La pièce transpire l'odeur lourde d'une carrière qui a stagné comme l'eau d'un marigot. Un torrent de montagne jaillit sur le grand poster du mur.

Il ne lève pas la tête, comme pour me signifier qu'il est débordé et a autre chose à faire. Mais l'ordre absolu et la propreté javellisée de son bureau en métal couleur olive verte – l'un de ces bureaux que l'on ne trouve que dans les commissariats et les caisses de Sécurité sociale – trahissent d'emblée un surmenage tout relatif.

Dans un mouvement parfaitement synchronisé, il ôte ses lunettes et jette son buste en arrière, faisant ployer le dossier flexible de son siège :

« Alors ? Quel bon vent vous amène, cher ami ? »

Je m'assieds et attaque d'entrée :

« Ma foi, le vent du large !

— Tiens donc !

— Je viens vous voir concernant les vacances...

— Je vous vois venir : vous voulez partir. Et quand donc ?

— Oh ! Quelques jours seulement. En août. Si c'est possible... »

Il bascule en avant, laisse tomber à plat ses mains sur les genoux et se dresse. Puis, me faisant dos, regardant par sa petite fenêtre :

« Bien sûr que c'est possible. Combien de jours ?

— Trois semaines ? »

Il se retourne, exagérément soucieux.

« Là, vous m'en demandez trop...

— Quinze jours ?

— D'accord pour quinze jours. Vous verrez avec Mlle Pichon pour les questions d'argent. Et où allez-vous donc ?

— À Lacanau. »

Il paraît flatté.

« Vous restez dans le pays. C'est bien. »

Comme je l'avais pressenti, la partie est gagnée. Le soir venu, je trouve que l'air est bon, que les gens sont bons, que le monde entier est bon. D'une bonté sourde, à peine décelée, animale, indicible, à la fois chaleureuse et pudique.

10

Cette fois, c'est le grand déménagement. Les scènes de l'exode en 1940 ne devaient pas être très éloignées de ce que je vois de ma fenêtre aujourd'hui, jour de grand départ pour Lacanau. Si mon oncle pouvait accrocher une valise au rétroviseur de la 403, il le ferait. Celle-ci s'affaisse sur ses amortisseurs arrière avec des soupirs de mule à bout de souffle, et le sourire de sa calandre, surmonté de deux moustaches chromées, tourne peu à peu au rictus.

La « grande troïka » – c'est ainsi que Carole surnomme la maisonnée – s'agite dans tous les sens entre l'automobile et le perron. Gégé slalome entre des objets tout droit sortis d'un musée baroque. Ma tante apporte timidement son douzième « ballot », rempli d'édredons à repriser et d'assiettes enrobées de draps. Mon oncle enfourne le tout en maugréant. J'ai voulu apporter mon aide : rien à faire. Ils ont leurs codes, leur rythme, leurs jurons à eux : tout doit se dérouler comme ils l'entendent. Lacanau serait une île qu'ils pourraient y survivre deux siècles sans se priver, avec taies d'oreiller brodées aux armes de la famille, assiettes en porcelaine de Limoges et tous les attributs indispensables aux naufragés involontaires soucieux de tenir leur rang.

La capacité d'absorption de la vieille berline me stupéfie. Comment a-t-elle pu gober tout ça ? Tout simplement parce qu'elle vient d'un âge où les voitures tenaient encore de l'animal, avec des yeux ronds, des gargouillis et des croupes larges qui appellent le tapotement amical. À en juger par ses rondeurs et son appétit, la 403 a dû, un jour, être une baleine. Maintenant, elle attend entre deux eaux que les adieux aient lieu.

Adieux, si l'on veut. Grisé par sa performance de remplisseur de coffre – « Ta tante a fait exprès de m'apporter au dernier moment sa machine à coudre ! » –, mon oncle me gratifie d'une bourrade virile assortie d'un rude « N'oublie rien en partant ». Ma tante dépose sur ma joue deux petits baisers de mésange. Gégé, déjà encastrée parmi les bagages, agite à mon intention sa boîte de boules de gomme ; comme je m'approche, elle y plonge ses griffes d'écureuil et me tend deux pastilles poisseuses au-dessus de la vitre à demi baissée.

La voiture démarre. Sa fumée d'échappement ne s'est pas dissipée que Carole apparaît au coin de la rue, héroïne d'un film rembobiné que l'on se repasse sans déplaisir.

Pendant la semaine qui précède mon départ, nous avons tout le loisir d'élaborer notre stratégie pour les vacances. Un temps, une idée lui a trotté dans la tête :

« Après tout, pourquoi tu ne m'invites pas ? »

C'est évidemment hors de question.

« Même en y mettant les formes ? »

Le mot « formes » s'est dessiné sur ses lèvres puis s'est échappé de sa bouche entrouverte avec une perversité proprement hallucinante. La naïveté chez cet être charnel a quelque chose de sulfureux qui m'irrite et m'attire à la fois. Car ce sont précisément les formes, ses formes, qui posent problème. Ses formes qu'elle met dans tout : sa démarche, sa vie, sa façon de respirer, de rire... Ses formes qui n'ont rien de très catholique et ne manqueraient pas de provoquer l'émoi de mes cousins et l'effroi de leurs mamans, dont l'admiration pour le Créateur s'arrête net avec l'évocation de certaines créatures suspectées de rendre à la Création un hommage par trop... zélé.

Il est donc décidé qu'elle plantera sa tente au camping du Tedey, à quelques jets de pomme de pin de la maison du Lac.

11

L'auto-stop est l'école de l'humilité. Aujourd'hui, Carole et moi en faisons, une fois encore, l'expérience. Après avoir pris le bus pour sortir de Bordeaux, nous nous retrouvons à Eysines, plantés sous le cagnard direction Lacanau.

Là, toute l'humanité vacancière nous passe sous les yeux, chapelet ininterrompu de tôles, de têtes et de toits. Derrière les vitres, des signes d'impuissance, des hochements de tête négatifs, des regards remplis de ce pouvoir ordinaire qu'est le refus. Et des enfants rieurs, des chiens langue pendante, des grand-mères suffocantes... L'atmosphère se trouble au-dessus de l'asphalte et les pots d'échappement semblent se passer le mot pour mieux nous dire non.

Combien freinent en reluquant Carole au-dessus de leur capot, pour accélérer aussitôt en me voyant surgir la main déjà sur la poignée de la valise ? Combien nous lancent en passant un « Toute seule, d'accord ! » ou un complice « Eh ! ducon ! tu nous la laisses ? »... Carole se serait pointée avec un ours blanc à son bras qu'elle aurait eu moins de mal à se faire ramasser.

Nous atterrissons finalement dans la 4L d'un couple hollandais volubile qui nous laisse à mi-chemin au bord de la route ; puis un marchand de melons nous fait faire la tournée d'un camping, haut-parleur à fond – « C'est du melon, c'est du bon, c'est du melon de Cavaillon ! » – avant de nous déposer à Lacanau-Ville.

Le dernier bon Samaritain se fait désirer, mais apparaît enfin sous les traits d'un Bordelais dont je suis immédiatement certain qu'il ne s'est pas arrêté pour Carole : à peine ai-je posé un pied sur la moquette de sa BMW et mon derrière sur le cuir du fauteuil qu'il me lance un regard de braise tandis que dans l'habitacle flottent à la fois les effluves d'un parfum poivré, un début de pénombre et un air de saxo dont les notes veloutées semblent s'échapper de toute part, y compris du cendrier, comme des pétales de fleur au fond de l'eau. Les manches de sa chemise sont retroussées sur ses avant-bras cuivrés, tandis que la gourmette qu'il porte au poignet cliquette à chaque changement de vitesse. Je suis à la place du mort. Il se tourne vers moi :

« En vacances ?

— Ah, oui ! Ça fait du bien !

— Vous êtes au camping ? »

Houlà ! Carole répond :

« Moi, je suis au camping. »

Il a l'air déçu. « Ah... » Sa Breitling brille autant que le tableau de bord. La voiture nous emmène dans un feulement de fauve, souple, bondissante. Très vite, nous sommes au camping.

« Merci ! »

Il me regarde, presque implorant :

« Mais je ne vous laisse pas autre part ? Vous allez aussi au camping ?

— Oui, oui, on a des amis...

— Bon. Bonnes vacances alors. Peut-être à un de ces jours... sur la plage.

— O.K. Allez, au revoir, hein, et merci ! »

Carole se retourne vers moi :

« Tu préfères te taper quatre kilomètres à pied plutôt que...

— Très drôle. »

Il fait nuit. On m'attend pour le dîner. Je n'ai plus aucune chance d'être pris en stop. Je repère l'emplacement de la tente de Carole et me mets en marche.

J'arrive une demi-heure plus tard au bout de l'allée. Gégé, qui dîne seule en tête à tête avec son écuelle, sous une ampoule, se retourne instinctivement. *« Le foilà, le foilà ! »* aboie-t-elle à qui ne veut pas l'entendre.

Ils sont tous là ! Ou presque. Les deux filles de ma tante, venues l'une de sa maison de Versailles en pierre meulière, l'autre de son appartement du Vésinet, me toisent de la tête aux pieds. Leurs époux respectifs ont déjà terminé leurs vacances. Ils descendent à Lacanau le week-end, quand ils le peuvent, « d'un coup de train – tu sais, maintenant, c'est vite fait »... Quant à leurs nombreux enfants, ils ont également répondu à l'appel et m'accueillent dans un concert de raclements de chaises, de couverts posés, d'exclamations goguenardes. Comme des cibles au stand de tir, je vois se lever devant moi, l'une après l'autre, des mines écarlates, la bouche pleine de politesses, de salade de haricots verts ou d'un morceau de quatre-quarts, plats familiaux s'il en est et composants essentiels des menus estivaux. Des visages nouveaux articulent leur nom autour de moi. Ici une petite cousine qui a beaucoup – et joliment – grandi.

Là, un correspondant anglais, cuit par le soleil. Et puis les cousins. Les cousins redoutés, soudés, tous groupés dans un coin, discutant grandes écoles et « grosses boîtes américaines ».

Toute la colonie a pris ses quartiers d'été dans cette maison qui ne compte que quelques chambres. On a installé des dortoirs au premier et même des tentes dans le jardin. Je mesure ma chance d'avoir une chambre rien qu'à moi.

Et dire qu'à deux pas du monde civilisé, à cinquante kilomètres de Bordeaux, dans une totale harmonie avec la nature, subsiste cette tribu sans que les ethnologues en sachent rien !

Une peuplade intacte, vivant de courses au Mammouth, de cueillette – de mûres surtout, à la saison, de ces mûres grasses de la forêt des Landes qui tachent les chemises et font un bruit mat en tombant dans les seaux en plastique – et de pêche : au lever du jour il n'est pas rare d'apercevoir, juchés sur une barque à fond plat glissant sur les ondes, quelques jeunes hommes téméraires s'adonner en frissonnant à la technique illicite du « ramassage des cordeaux » laissés la veille le long des roseaux. À l'aplomb des morceaux de Polystyrène gigote parfois une anguille, palpite un brochet, frétille un calico-bah : aux novices par la suite de démêler les filins baignant au fond de l'embarcation tandis que leur chef recueille toute la gloire de cette expédition aux allures bibliques.

Et que dire des offrandes sacrificielles et autres immolations par le feu pratiquées par les enfants sur d'innocents insectes coupables d'être nés encore plus petits qu'eux ? Que dire des exhortations, des complots et intrigues ourdis au-dessus des fourneaux, et des mille sortilèges jetés sur tel neveu accusé de paresse ou telle Américaine dont les attitudes « provocantes » et le décolleté offert à la concupiscence des grand mâles constituent une insulte à la clémence du Dieu protecteur ? Dieu que l'on célèbre chaque dimanche assis dans les travées d'une chapelle en plein air, avant de partir pour l'océan à bicyclette, en stop, ou à bord d'une Ami 6 montée sur pattes de sauterelle, et qui tangue dans les virages, ses sièges rouges remplis d'enfants, de sable, de sel et de serviettes de bain mouillées...

« Tu viens au Lion ? »

À la façon dont le plus grand des cousins m'a posé la question, je comprends que cette invitation a valeur de test. Sa formulation laconique lui préserve tout son mystère. Le Lion ? Je suis celui qui ne connaît pas le Lion. Je suis celui qui doit être initié. Édouard attend ma réponse, bien campé sur ses jambes, entouré de ses acolytes. Des chapeaux, quelques pardessus, un petit vent de sable, et l'on est en plein dans *Il était une fois dans l'Ouest*. Ma réponse se doit d'être d'une sobriété à rendre jaloux Charles Bronson lui-même :

« Le Lion ?

— Le Lion. C'est une plage. On t'emmène ?

— D'accord. »

Nous sommes six. Carole attendra encore un peu pour me voir. Tant pis.

J'apprendrai que le Lion est une plage infinie, intacte, qui vaut le détour. L'endroit, pour n'avoir jamais vu l'ombre d'un fauve, n'en inspire pas moins un délicieux frisson d'interdit à quiconque s'y aventure, dû autant à ses courants puissants qu'aux gigantesques blockhaus qui se succèdent sur ses pentes, et derrière lesquels s'abritent des nudistes, des ébats desquels les cousins disent n'avoir jamais rien perdu. D'où le passage par moments de fils d'Adam velus, au trottinement rythmé à contretemps par le mouvement d'un appendice d'autant plus ridicule qu'il semble vouloir se mesurer à la grandeur du paysage. Le soir, à notre retour, le lac nous attendra placidement, nous qui lui avons fait, l'espace d'un après-midi, une infidélité : par l'un de ces regains de beauté dont il a le secret, il semblera même s'ingénier à nous faire regretter notre petite trahison.

Et le lendemain, le surlendemain, les jours suivants, tout reprendra son cours de façon naturelle. Les bains de lac, les bains de mer, les bains de soleil ; le gréement des voiliers, ballottés par le ressac, maintenus debout au vent, voiles claquantes, et les départs du 420 aux plats-bords délavés, d'un vieux rose tendre, à la coque jaunie par le fer des alios ; le punch rituel, les fesses chauffées par les briques du muret ; le corps des baigneuses, émergeant de l'eau dans un ruissellement ; les salades de tomates ; la pompe à eau capricieuse, au bruit intermittent, rauque et aigu de 2 CV en surrégime ; les vaisselles collectives ; et ma tante qui coud, inlassablement, entre deux coussins, entre deux cousines, sur la pelouse... Mon oncle qui arrose, et arrose encore, silhouette statufiée portant pantalon noir et chemise blanche immaculée...

Et Gégé dans tout ça ? Gégé n'a pas sa place dans cette vie de parfums, d'images, d'émotions, de couleurs, de rires, de sueur, de désirs. Elle n'est pas du soleil. Elle est de l'ombre. Jamais, au grand jamais, on ne l'a vue se risquer hors de son périmètre pour venir sur la plage. Jamais l'insecte ne quitte l'humidité de la pierre pour s'exposer au grand jour. Jamais l'ex-danseuse à la chair dénudée ne vient sur la scène se réchauffer le corps à la lumière des projecteurs : elle reste dans les coulisses. Les coulisses des vacances, les coulisses de la vie. Son univers à elle, c'est le dos de la maison et la maison elle-même. La galerie, à la rigueur, où elle s'aventure prudemment : non loin de là est la limite brutale, dessinée d'un trait sur l'herbe et sur le sable, entre l'ombre dont s'entoure la maison – comme on s'entoure de précautions, de famille, d'amis – et le feu du ciel. Le soleil l'éblouit comme une ampoule en pleine figure. Ses paupières alors deviennent orange et fourmillent d'insectes, ses paupières couvent un feu immense aux folles escarbilles...

Aussi reste-t-elle là, toute la journée, sous l'auvent de la cuisine. Les enfants, revenant du bain, cheveux mouillés en corne de diable ou plaqués sur le front, marchant comme des hérons de peur de s'enfoncer une aiguille de pin dans le pied, la rencontrent dans cette couronne de fleurs qui entoure l'avant-cuisine. L'endroit résonne du bourdonnement incessant de grosses mouches repues.

Non que Gégé soit tenue à l'écart. Simplement, elle considère qu'elle n'a pas sa place au soleil. Elle ne se sent à l'aise que dans cette cuisine exiguë, avec sa table ronde autour de laquelle, chaque soir, avant les grandes tablées, et dans une atmosphère électrique, les femmes de la maison tournent frénétiquement pour préparer le dîner, ouvrant là un placard avec énervement, roulant ici une pâte à tarte. Gégé, bien que rudement mise à contribution les jours de coup de feu, ne proteste jamais. C'est à peine si un soir elle a donné du « *Mâtâme la Mârquise* » à l'une des maîtresses de maison qui la gourmandait pour une histoire de casserole mal récurée.

Elle n'est pas malheureuse. Elle est entourée. Elle aime ma tante qui le lui rend bien, et éprouve pour mon oncle une admiration mâtinée de crainte. Celui-ci la semonce parfois, mais la colère le cède le plus souvent à la compassion et à la bienveillance. Quant aux enfants, ils ont pour elle un peu de moquerie et beaucoup de tendresse. Une tendresse réciproque, qu'elle sait leur montrer par bonbons et sobriquets interposés – « Mon petit prince », « ma petite princesse », « monsieur Lili » et « mam'zelle Sophie » ... et par l'un de ces sourires édentés, fendant en deux ses pommettes rubicondes et craquelées, qui la rendent touchante pour l'éternité.

Car cette éternité, elle semble y être destinée. Le temps, depuis longtemps, a renoncé à avoir une quelconque prise sur elle. Elle qui ne souffre ni d'embonpoint ni d'aucune maladie et dont la longue tignasse ne compte pas un cheveu blanc, cela fait bien longtemps qu'elle observe les ans s'acharner sur les autres. L'un meurt, l'autre voit le jour, c'est égal ! Vies et morts s'empilent comme des planches disjointes. Dans l'un des interstices de ce mur de fortune se niche l'existence de Gégé, vie parallèle dont personne ne remarque la modeste richesse : ses petites habitudes, ses petits glapissements, ses minuscules révoltes, ses rires éthyliques et ses boules de gomme, autant de brins de paille dont Gégé confectionne son nid à l'insu des humains et sous les yeux des cieux.

La nuit venue, la maison s'anime comme un tableau vivant sous les étoiles, réduite ainsi à une tout autre échelle, celle d'une ruche où chacun, silhouette miniature allongeant son ombre sur le gazon, va et vient devant les fenêtres. Rien n'ose alors troubler le silence, excepté, parfois, le clapot d'une vipère d'eau dans les roseaux, le bruissement des cimes, acharnées à balayer le ciel, ou la course agrippée d'un écureuil. Étoiles tombées dans l'eau, les scintillances de Lacanau, là-bas sur l'autre rive, se réflètent à la surface de l'étang.

Dès le dîner terminé, la tribu s'organise. Le jeu y tient un rôle social très important. Autour d'une partie de Scrabble, on assiste à des réconciliations mémorables entre certains membres des clans. Et dans la droite ligne du *potlatch,* troc traditionnel des sociétés primitives, s'échangent au-dessus de la nappe bonbons et cigarettes. Ma tante, bésicles sur le nez, drapée dans un châle, ravaude comme à son habitude tel ou tel couvre-pied à la lueur d'un lampadaire. Quant à mon oncle, ayant posé à côté de lui la « lampe-du-grille-pain », il s'occupe en général à réparer une assiette cassée ou seulement ébréchée à l'aide d'une boule de mie et d'un antique tube de colle Araldite, dont il extirpe non sans effort une goutte poisseuse. Plus rien ne compte alors. L'univers se limite à ce carré de nappe rouge où il officie. Une veste jetée sur les épaules, un ballon de cognac à portée de main, il gratte de ses ongles le collage croûteux. La fumée de Boyard s'échappe comme d'un volcan de l'abat-jour en fusion dont la lumière chaude, jouant sur sa peau tannée et sur son crâne lisse, lui sculpte une belle tête en bois patiné, cuivré, une tête finement ciselée entre l'ombre et le feu.

C'est l'heure où les enfants, baignés, peignés, frictionnés à l'eau de Cologne, enfourchent leurs bicyclettes pour se mêler à la nuit. On les retrouve quelques instants après, nuée d'insectes tourbillonnant à la lumière des lampadaires dont le grésillement monotone reprend droit de cité entre deux hurlements. Car ils piaillent, les diables, ils crient comme des pies, pédalant en danseuse sur leurs vélos trop grands, une jambe tendue, l'autre repliée, frêles échassiers montés sur cadre. Le vent s'engouffre dans le tissu de leurs pyjamas, les pans de leurs robes de chambre leur font de grandes ailes, et les rayons de lune, dans un même scintillement, se mélangent à ceux, chromés, nickelés, de leurs grandes roues glissant sur les graviers.

« Qui va là ? » crie soudain l'un d'eux, toujours au même moment.

Oscillant au rythme d'une démarche bancale et balayant les arbres, le faisceau d'une lampe jaillit alors : c'est Gégé qui va se coucher. Sa petite Leclanché fermement dirigée devant elle lui fraie un passage parmi les ténèbres. Il n'en faut pas davantage pour que fonde sur elle la volée de martinets dans l'air chaud du soir. Des voix flûtées s'élèvent dans la nuit : « 'Soir Gégé », « Attention aux fantômes, Gégé ! », ou encore « Gégé, *achtung* bicyclette ! » auxquelles seuls répondent, en échos déjà lointains entrecoupés de petits rires aigus : *« Ponssoir les petits cyclistes ! Petits cyclistes ! »,* conformément à la manie qu'a toujours eue Gégé de répéter tout ce qu'elle dit.

Seule, elle va dormir au « chalet ».

Outre le fait qu'il a été entièrement construit en bois, le « chalet » n'a de chalet que le nom. Nul style savoyard en effet dans l'aspect de ce petit bâtiment préfabriqué que mon oncle a fait ériger à la va-vite, par pur souci juridique, obligé après la guerre de « faire construire » pour acquérir un terrain. Une sorte de véranda au treillage de bois gris et aux frises grossières, soutenue de madriers, un fronton de planches brunes, un toit de ciment ondulé et un garage caché dans le dos... à vrai dire, le « chalet », de sa grande bouche noire et de ses yeux mi-clos, semble plutôt revendiquer son appartenance à la famille des baraquements de foire, d'autant que sa silhouette se dresse dans un décor où le burlesque le dispute au fantomatique, le comique au surréaliste : par les bons soins de mon oncle et son horreur du gâchis, le jardin du « chalet » est devenu en effet, au fil des années, un véritable cimetière à ciel ouvert. Un sanctuaire voué aux dieux du Bricolage, des Sanitaires, de l'Irrécupérable et de l'Inutile. Ici, le flanc impudique d'une baignoire. Là, une caisse de frigo, à moitié exhumée. Ici, le cadavre d'un bidet. Là encore, une fosse à planches pourries, une sépulture à briques, un caveau entier où reposent des bonbonnes de gaz, parmi bambous et mimosas, tas de pommes de pin et arbousiers...

C'est là que Gégé va se nicher, comme un ver dans son bois, une araignée sur son mur, une musaraigne dans son terrier. C'est là qu'elle va se ranger, dans cette boîte en carton faite de bric et de broc, d'Isorel et de moisissure, où s'entassent pêle-mêle les bidons et les huiles de moteur.

Je l'ai vue un soir pousser la porte vitrée. S'essuyer les pieds. Allumer la lumière, oiseau craintif. Éteindre sa Leclanché. Fermer la porte derrière elle. Puis, en ombre chinoise, aller chercher l'eau au robinet. Libérer sa chevelure. Se déshabiller et se coucher.

Puis ce fut l'extinction des feux.

12

Si l'aube pouvait ce matin tambouriner à ma porte, elle ne s'en priverait pas. La belle essaie par n'importe quel moyen de s'infiltrer dans la pièce. Tout est bon ! Le moindre interstice entre le mur et les solives de la charpente, le plus petit espace entre la porte et son chambranle lui est prétexte à enfoncer ses épées de feu dans le ventre mou de la pénombre. Et je ne parle pas du bruit ! Tous les oiseaux du monde semblent s'être donné rendez-vous au seuil de ma chambre. C'est à qui piaillera le plus fort.

La lumière finit par avoir raison de ma paresse. Elle me transperce les yeux. Je n'ai plus le choix. Tiré du lit par l'appel du jour, je me lève, plonge ma tête dans l'eau froide du lavabo, me dirige vers la porte derrière laquelle bruisse un parterre innombrable d'écureuils, de scarabées, de canards sauvages, d'abeilles et de mille autres insectes, de mimosas frémissants et de pins chuchotants, tire la porte et, tandis que l'on braque les projecteurs sur moi, retentit comme le crépitement d'un grand applaudissement.

Le soleil, pourtant, est encore très bas. Cela laisse présager une journée embrasée. Un brasier de la terre au ciel. Je décide de profiter de ces premiers et derniers

69

moments tempérés. Par quel instinct mes pas me guident-ils vers le lac ? Besoin d'eau, sans doute. Besoin de fraîcheur. Je ne suis pas déçu : arrivé sur la plage, ce que je vois me fait l'effet d'une douche froide.

Gégé dans l'eau. Gégé immobile. Gégé figée, fichée dans l'étang, dans l'immense glace piquée de quelques barques de pêcheurs qui déjà à cette heure taquinent le brochet. Gégé debout, habillée, immergée jusqu'à la poitrine. Observant son visage à la surface de l'eau. Image nette : autour d'elle, pas une ride concentrique ne trouble l'onde où son buste, à l'envers, se réfléchit tout entier. On dirait une reine de carte à jouer. Elle est apprêtée. Chignon impeccable, petites mains jointes sous son menton, dans un geste de prière... À quelle triste pêche se livre-t-elle ? Le lac n'est pas un miroir assez vaste pour refléter toute la tristesse de son visage.

Je m'approche. Le clapot la fait sursauter, à peine.

« *Ah... monsieur Jean.* »

Elle a l'air d'une enfant prise en faute.

« Gégé, vous allez prendre froid... »

Elle a un petit rire malicieux.

« *Oh ! Je me rafraîchis les itées... c'est tout ! Rafraîchis les itées ! C'est juste un caucheumâr... »*

Elle regarde l'étang, comme à regret, puis se retourne vers moi et se décide enfin à regagner la rive.

Nous nous retrouvons assis, l'un à côté de l'autre, sur une souche de pin, à contempler le lac. J'ai jeté sur ses épaules le tricot de laine que j'ai pris par réflexe sur la corde à linge du chalet.

« *C'est juste un caucheumâr... »*

C'est alors que, au travers d'un récit clignotant comme un vieux film, taché, rayé, ponctué de courts sanglots, de soupirs, de silences, elle entreprend de raconter son rêve avec un accent à couper au couteau de boucher. En voici le sous-titrage sommaire.

C'est au petit matin. Elle marche sur la route qui mène à La Grande-Escoure. Elle marche comme envoûtée, hypnotisée, irrésistiblement attirée par une étrange musique qui monte du bourg, une musique de fête foraine, un orgue de Barbarie dont la rengaine cotonneuse se mêle au vent venu du large. Déjà lui parviennent les rires et les clameurs, le claquement des pétards, le sifflement des fusées. Et le grain du bitume défile sous ses yeux, inexorablement, tandis qu'elle approche des premières maisons.

C'est alors qu'une fanfare éclate. Puissante, entraînante, avec tambours et trompettes, envolées de pipeaux et ahans de tubas, elle emplit l'espace de son rythme pesant, marqué par une grosse caisse qui fait trembler le sol. *Boum, boum, boum, boum !*

Ce sont des majorettes. Des hourras, des bravos, des vivats saluent leur passage. Elles débouchent de la place de La Grande-Escoure, bien alignées, levant les genoux. Elles sont grandes et belles, chaussées de bottes noires et coiffées de calots, et leurs jupes montent haut sur leurs cuisses. D'où elle s'est postée, Gégé peut déjà admirer leurs uniformes vert vif, ajustés, et sur lesquels scintillent de gros boutons dorés aux premières lueurs du jour. Les acclamations redoublent, la fête bat son plein et la grosse caisse cogne plus fort que jamais tandis qu'un soleil de sang monte derrière les dunes.

La troupe triomphale en est déjà à sortir du village, de front sur la route, quand Gégé voit son attention attirée par un détail étrange : les majorettes, décidément, sont grandes. Vraiment très grandes. Et très athlétiques. Plongée dans son expectative, elle ne remarque pas, alors, que les derniers feux de la fête viennent de s'éteindre un à un, que l'orgue de Barbarie s'évanouit doucement et que les alentours se vident peu à peu de leurs derniers noceurs.

Aussi est-elle frappée d'une stupeur atroce lorsque, retrouvant soudain ses esprits, elle réalise qu'elle est seule. Seule au monde ! Et que le bourg est mort, et que l'immense fanfare de majorettes qui avance vers elle sur un air militaire, au rythme des bruits de botte et d'une grosse caisse assourdissante, ne compte dans ses rangs... que des hommes en uniforme, vert, certes, mais kaki, et coiffés de calots qui en fait de calots sont des casques lourds.

Gégé reste là, pétrifiée, juchée sur son talus de sable. Les majorettes ne lancent plus de baguettes en l'air, mais portent fermement, plaqués sur leur thorax, des fusils d'assaut.

La musique s'arrête. Eux aussi. Claquement de talons. Cliquetis d'armes. L'officier aboie un ordre en regardant Gégé. Gégé le reconnaît. Et prend la fuite. Genêts, brandes, troncs, bosquets, tout lui arrive dans la figure tandis qu'elle s'échappe dans la forêt, trébuchant sur les souches, lacérée par les ronces, s'enfonçant dans le sable au rythme de son souffle de plus en plus court, tandis que derrière elle, à cent mètres à peine, bondissent chiens et officiers dans une même rage de la rattraper. Et elle court, et elle court, et elle se retourne, tout brille dans son dos, les phares des voitures, les imperméables, les yeux de la Gestapo et même les crocs des chiens sous leurs babines retroussées qu'elle voit en détail alors qu'ils demeurent à distance respectable, comme si la chasse avait du bon et que ce gibier-là devait s'épuiser de lui-même.

Sa course la mène aux abords d'un jardin qui ne lui est pas inconnu. Le chalet. Le réconfort qu'elle en éprouve est de courte durée : lancée à ses trousses, la meute approche, et elle, biche traquée, se retrouve prise au piège par les hautes clôtures de cet endroit abandonné.

Puis ce sera l'hallali, tandis que du chalet, baraquement de train fantôme, montent à nouveau les notes mélancoliques de l'orgue de Barbarie. Et la curée, enfin : après que l'un de ses poursuivants lui a fracassé la mâchoire et les dents sur le rebord d'un bidet laissé dans le jardin, Gégé s'est réveillée, main sur le cou, tentant de respirer et d'échapper à cette emprise d'acier qui la maintient sous l'eau, pour qu'elle avoue.

Elle a répété : « *Pour que ch'afoue.*

— Avouer quoi ? » ai-je demandé.

Et c'est le silence. Derrière nous la terre exhale une haleine chaude chargée de fougère, de bruyère, d'ajonc et de résine. Sur le sable à nos pieds la rosée forme une croûte humide. Le soleil déjà enflamme l'autre rive, et les roseaux prennent des reflets d'or, frémissant du réveil de leurs hôtes. Mais nul coassement, nul saut de vipère d'eau ne vient troubler les pensées de Gégé, calme comme les ondes.

Sans un mot elle se lève et, au bord des larmes, va s'agenouiller au bord de l'eau. Elle y reste un instant à regarder son double. Puis, lentement, revient s'asseoir auprès de moi avant de murmurer presque sans accent :

« *Si fous safiez. Ils m'ont prise pour une esp...*

— Tu te fous de moi ou quoi ? »

La voix a claqué comme un coup de fouet. Je ne la reconnais que trop bien. Carole tombe mal.

« Ah ? T'es là ?

— Comme tu vois, ricane-t-elle. J'existe. C'est fou, non ? »

Elle a surgi dans mon champ de vision. À présent elle est campée devant moi, poignets sur les hanches, une vraie femme jalouse. Il ne reste plus rien de mon panorama. Plus rien du lac, des roseaux, des oiseaux et des barques de pêcheurs. Rien qu'une furie en petite robe à petits pois, les cheveux en bataille et la sandale agressive. Gégé prend la tangente, rattrapée au vol, mordue à l'échine :

« Bonjour... Germaine. »

Elle a dit « Germaine » comme le dit mon oncle lorsque celle-ci l'exaspère. Gégé esquisse un sourire qui se prolonge en une grimace terrifiée. Elle cligne des yeux, fait mine de se protéger du soleil en levant une main au-dessus de son front. Puis disparaît comme un mulot blessé, épargné par la fouine.

Carole montre les dents :

« Je suis plantée comme une conne à t'attendre au camping, et toi tu roucoules au petit matin avec cette vieille peau pleine de tics ?

— La vieille peau a des choses à raconter, elle.

— Mais enfin, merde, Jean ! Tu ne t'es pas demandé une seule fois ce que je devenais depuis une semaine ! »

Sa voix commence à se fissurer. Je réponds en fixant l'horizon à moitié caché :

« Ça ne manque pas de véliplanchistes et de joueurs de volley au Tedey... t'as qu'à leur faire la conversation... »

74

J'aurais dû me méfier davantage de la sandale fouineuse. Elle a eu le temps d'enfoncer profondément son museau. La gerbe de sable m'atteint en plein visage. J'en ai plein la bouche et les yeux. Alors je m'élance à l'aveugle, tombe sur Carole, puis me relève et elle avec, la traîne jusqu'à l'eau, la main fermée en étau d'acier au-dessus de son coude. Elle se débat comme une hystérique mais rien au monde ne m'empêchera de la balancer à la flotte. Et c'est avec une satisfaction d'orang-outan respecté par les siens que je la vois effectuer un vol plané parabolique puis se vautrer de tout son long dans un berceau d'écume et une bordée d'injures. J'ai crié :

« Douche froide pour les excitées ! »

Quelques secondes passent et elle réapparaît, paupières baissées, souffle court, front vers le ciel pour mieux laisser ruisseler ses cheveux en arrière. Retrouvant ses esprits, elle finit par émerger totalement, de l'eau jusqu'aux genoux, sa robe mouillée, désormais transparente, moulant son corps, gangue étincelante. Je n'ai pas prévu cela. Les événements prennent soudain une tournure ravissante. Sur sa chair les frissons courent comme les risées sur l'étang. Ses hanches et sa poitrine forment une seule et même vague, gonflée, triomphante, prête à se briser, en douceur, sur le premier récif venu. Désir ! Dans un bond tout aussi simiesque que le précédent, mais poussé par des motivations d'une autre nature, je me jette sur elle et l'entraîne dans le grand lit de l'eau. Là encore, qui pourrait empêcher l'accomplissement de ce qui s'annonce comme le plus voluptueux des ballets aquatiques ?

Personne.

Personne, excepté mon cousin Antoine qui débarque juste à ce moment-là, pantalon retroussé et épuisette à la main. J'avais oublié ! Monsieur s'adonne chaque matin au plaisir solitaire de la pêche aux grenouilles. Monsieur ne raterait cela pour rien au monde ! Pas plus qu'il n'a dû manquer le moindre détail de la scène qui vient de se dérouler sous ses yeux perçants de chasseur amphibie. Pour autant il feint de ne pas nous avoir remarqués, l'hypocrite. Carole et moi voyons sa tête disparaître dans les roseaux.

À cet instant, je sais exactement ce que peut ressentir un poisson lorsqu'il vient de mordre à l'hameçon.

Nous passons la journée et la soirée ensemble. Après l'avoir raccompagnée au camping sur le porte-bagages de la Mobylette, je m'en retourne dans la nuit chaude et me couche sans grand espoir de m'endormir.

En effet. Une fois allongé sur mon lit, la phrase de Gégé revient à mes oreilles, lancinante : *« Si fous safiez. Ils m'ont prise pour une esp... »*

Une fois évacués Espagnole, Espadrille, Espérance, reste ce mot chargé de mythe, beaucoup trop grand pour elle : espionne.

Espionne ? Espionne, Gégé ! Espionne à la solde de la France, Gégé l'analphabète, Gégé l'alcoolique ! Où la Gestapo était-elle allée chercher ça ? Dans ma chambre, je prononce à voix haute « espionne ». Le mot me paraît si incongru, si lourd et absurde s'agissant de Gégé que j'en sourirais presque. Et pourtant... La guerre, les tortures, l'hôtel borgne, les passes et les marins, puis les sœurs du Sacré-Cœur signalant à ma tante la présence dans un cabaret de « cette jeune femme... perdue... besoin d'être aimée... pas mauvaise

76

fille, dans le fond... si vous la preniez à votre service... ce serait sa seule chance... ».

Tout se suit, tout s'emboîte. Atroce méprise, soupçon dément qui m'ouvre les yeux. Pauvre Gégé. *« Si vous safiez, ils m'ont prise pour une esp... »* Maintenant je sais : aux espions elle n'a jamais emprunté que le sang-froid et la discrétion.

Le lendemain matin, je suis tout de suite fixé : « Alors, Jean, pas de petits pois au petit déjeuner, ce matin ? » Quelques rires étouffés suivent le bon mot d'Édouard. Il l'a longuement préparé, avec le soin qu'il met à beurrer ses tartines dans les coins. Toute la maison est là, autour de la grande table.

Certains n'ont pas compris et ont jeté au-dessus de leur bol un regard perplexe en direction d'Édouard. Quant aux autres, je les repère immédiatement : ils ont l'ironie au coin des yeux, le sourire – et la confiture – au coin des lèvres, et guettent sur les miennes une réplique digne de ce nom. Moi qui saute à peine du lit, la mine un peu frippée et les cheveux encore marqués du pli de l'oreiller, je me dis : « Ce con d'Antoine a tout raconté ! » Triomphal, il a dû revenir de sa pêche aux ragots l'épuisette remplie d'informations aussi fraîches et croustillantes que les cuisses de ses grenouilles. Et il ne fait aucun doute que presque tout le monde a participé au festin.

Ils en seront pour leurs frais. Je me contente de sourire, de m'asseoir et de remplir mon bol de café. Ce silence me semble d'abord la plus suprême manifestation du mépris que je ressens à leur endroit, avant de m'apparaître pour ce qu'il est vraiment : une suprême manifestation de lâcheté. Alors, refusant la honte de la défaite, fourbissant un dernier mot que je souhaite grandiose, et tandis que la tablée entière, dans un grand brouhaha de casseroles et de cuillers, parle déjà de tout autre chose, je lâche avec superbe cette réplique foudroyante que personne n'entend :

« Non, tu vois, ce matin je me contente des grosses légumes prétentieuses. »

Dans la cuisine, j'entends Gégé glousser.

13

Gégé m'a dit : « *Elle ne fous mérite pas, monsieur Jean.* » Elle a raison. Carole n'a rien à foutre ici. Ça fait du scandale. J'ai compris la leçon. L'après-midi même, je me rends au camping pour lui signifier l'interdiction de séjour qui la frappe, aussi bien à la maison du Lac que dans ses environs. Elle me frappe à son tour, d'une belle gifle qui brûle la joue, au terme d'une dispute qui a dû certainement s'entendre jusqu'à Angoulême. Je pars furieux. Pendant deux ou trois jours, cinquante mille kilomètres de sable séparent ma chambre de sa tente.

Jusqu'à hier soir. J'ai voulu lui faire une surprise, histoire, comme on dit, de ne-pas-se-quitter-comme-ça-ce-serait-trop-bête. Il était tard. Le camping dormait sous le vent. Quelques faisceaux de lampes torches balayaient çà et là l'obscurité, accompagnés de chuchotements. La petite guitoune de Carole n'était plus très loin. Parmi les flots d'aiguilles de pin craquantes, plaques de mousse et trouées de sable offraient à mes pas un gué silencieux.

Et puis rien. À la place de la tente, il y avait un rectangle clair d'aiguilles de pin écrasées.

Chaque coup de pédale a été une souffrance sur le chemin du retour. Mes jambes étaient remplies de sable.

Une heure après, j'étais encore assis sur la marche de ma chambre, adossé à la porte, le nez dans les étoiles. Des pas se sont approchés : c'était elle. Ce ne pouvait être qu'elle.

C'était elle en effet. Une main s'est posée sur mon épaule et Gégé m'a glissé à l'oreille :

« *Elle refientra.* »

Seconde partie

14

Un matin de novembre. Août est déjà loin mais passe sur mes cils comme un foulard de soie, tout tiède et parfumé de sable et d'océan, dans ce demi-sommeil qui ressemble à une île. Les mouettes crient en survolant les quais, les canards s'ébrouent au jardin public, et les moineaux, derrière les rideaux de la rue Thiers, chantent en écho les premières lueurs du jour.

En bas, dans la maison, des bols s'entrechoquent. Gégé, elle aussi, est levée. C'est l'heure des nouvelles à la radio. Son petit transistor est comme d'habitude posé sur le haut du réfrigérateur. Elle doit toujours monter sur une chaise pour l'allumer, mais c'est juchée sur ce promontoire que l'antenne capte le mieux les ondes. Quoi qu'il en soit, Gégé ne comprend rien à ce qui se raconte dans la boîte en plastique piquée de petits trous. Les voix parlent trop vite. Mais elles lui tiennent compagnie.

Le chignon noué à la va-vite, et le corps oppressé par une chemise de nuit taille dix ans, elle s'applique, comme chaque matin, à ne rien oublier sur le plateau de « *Monsieur* ». Je l'entends s'activer. Je la vois d'ici. Pour le laisser s'amollir juste ce qu'il faut, elle prend soin de sortir en premier le beurre du réfrigérateur. La marmelade d'oranges est présentée dans un ravier à pans coupés. Une serviette brodée recouvre les toasts grillés, alignés dans une corbeille. Et le thé, enfin, le sacro-saint thé de mon oncle, le thé est prêt. Fumant. Infusant lentement sa saveur dans la théière de porcelaine, diffusant sa chaleur sur les paumes de Gégé, exhalant un parfum de civilisation disparue.

Ravier, beurrier, tasse, théière et sucrier d'argent, panier de toasts : Gégé le sait bien, ces six objets ne peuvent tenir sur le plateau que selon une disposition très précise, une combinaison complexe, une imbrication subtile. Un véritable casse-tête chinois qu'elle seule est en mesure de résoudre. Que l'on tente d'y introduire un élément nouveau – tabatière, rouleau de serviette, pot à lait – et ce bel assemblage vole en éclats, au figuré et même, qui sait, au propre, en mille morceaux.

Ce matin-là, c'est donc avec le sentiment confus et coutumier de cette petite victoire sur les choses que Gégé gravit l'escalier qui mène au premier étage en tenant son plateau fermement devant elle comme une ouvreuse de cinéma. Je compte. Trente-deux marches. Trente-deux frottements de babouche sur la pierre usée. Trente-deux tintements de petite cuiller sur la soucoupe à motifs bleus. Comme chaque matin depuis mon arrivée, depuis toujours.

Clac ! La minuterie du premier. Elle y est presque. À droite, au fond d'un réduit sombre, la porte de la chambre de mon oncle, soulignée d'un rai de lumière qui brille comme une règle d'or : on frappe toujours avant d'entrer.

Cela fait trente ans que Gégé arrive chaque matin, à 7 h 30, devant cette porte. Trente ans qu'elle pose délicatement le plateau à ses pieds, pour frapper plus à son aise. Trente ans qu'elle entend sur un ton égal : « Entrez, Gégé. » Trente ans qu'elle tourne la poignée, pousse la porte, ramasse son plateau, entre, et dépose le magnifique puzzle chaque jour réussi sur la table de nuit de mon oncle pour venir le récupérer, une heure plus tard, complètement défait, les pièces mélangées : panier posé sur la tasse, sucrier à cheval sur la théière et beurrier de travers...

Gégé pose son plateau à terre.

Frappe à la porte. Deux coups. Inconsciemment, j'attends la réponse autant qu'elle.

Silence.

Gégé attend. Moi aussi.

À ses pieds, le plateau luit faiblement.

On entend la radio du rez-de-chaussée.

Des pigeons roucoulent sur la verrière du deuxième étage.

Gégé refrappe timidement. Deux coups. Je tends l'oreille. Rien.

C'est bien la première fois que cela arrive.

Elle attend mais n'entend rien.

Devant elle, la porte immense est décidée à ne pas s'ouvrir, vigile campé sur ses jambes, les bras croisés sur un torse puissant.

Fébrile, Gégé pousse soudain la hardiesse jusqu'à frapper quatre coups. Puis, aussitôt après, trois coups, mais plus vigoureux.

Silence sépulcral. Toujours pas de réponse.

Cette fois-ci, je sors de mon lit. J'ai déjà gagné l'escalier à pas de loup pour observer la scène sans être vu quand j'entends Gégé se décider enfin : « *Monsieur ?* »

La radio du frigo, en bas, lui répond par des trompettes de réclames. Nouvel appel, encore chuchoté : « *Monsieur, fôtreu petit décheuner !* »

La porte-garde du corps paraît plus inflexible que jamais. De mon perchoir, je ne peux voir que les mollets de Gégé et ses petites babouches en canard.

Gégé sait que mon oncle doit absolument se réveiller. Il a rendez-vous tôt avec M. Comté, comme chaque jour, cour de Gourgues. Il doit se réveiller. Coûte que coûte.

En cela réside une deuxième règle d'or.

À cette pensée, Gégé joint le geste à la parole. Chose impensable, elle frappe – au moins dix coups, très fort, très vite – et je l'entends adjurer à voix haute et claire : « *Monsieur ! Monsieur ! Réfeillez-fous* » !

À sa crainte de mal faire s'ajoute celle de réveiller ma tante. Gégé a peur. Son petit cœur d'oiseau commence à cogner fort dans sa chemise de nuit serrée comme une camisole, boutonnée jusqu'en haut. Elle danse d'une babouche sur l'autre. Soudain, elle recule, comme si le jour venu tombant de la verrière du deuxième étage allait éclairer ses pensées. Moi, je fais un bond de perruche pour me poster sur des marches plus élevées.

C'est alors qu'elle se décide enfin.

Cœur et tambour battant, au pas de charge, petit soldat, je la vois marcher vers la porte. Prendre son courage à deux mains et la poignée avec. La tourner, délicatement, c'est plus fort qu'elle, le souffle court, en ayant l'impression de tordre le nombril du cerbère aux épaules carrées. Celui-ci gémit sur ses gonds en cédant le passage.

Une vision verticale s'offre alors à Gégé. Le calme d'une chambre au petit matin. Un parfum d'eau de toilette, d'onguent, de tapis. Le tissu aux tons rouge bordeaux. Les rideaux, en face, diaphanes. Devant eux, la table ronde, des papiers, des livres, un bric-à-brac de pinceaux et de mastic.

Gégé pousse la porte. La vision s'élargit à la penderie, au cabinet de toilette, à la cheminée de marbre gris. La pendule, les lampes, tout est là.

La petite femme a le souffle court.

Se ressaisit soudain : le plateau !

Elle retourne sur ses pas, s'agenouille en tremblant. Saisit les deux anses, se redresse, le craquement de ses genoux retentit jusqu'à moi, on n'entend plus la radio du frigo, il n'y a que les oiseaux dehors, la petite cuiller tourne dans le bol, son tintement peu à peu étouffé dans l'écrin de la chambre, le devoir avant tout, Gégé doit réveiller mon oncle, il a le sommeil profond, tant pis, il faut le réveiller, je redescends presque jusqu'au palier du premier, Gégé s'avance, plateau en avant, et se retourne résolument vers le lit du dormeur.

La lampe de chevet est allumée.

Gégé le voit assis dans son lit, dressé sur son oreiller, tête penchée comme le christ qu'elle a vu à Saint-Seurin, il s'est endormi sur son livre.

« *Monsieur ?* » Le plateau pèse lourd.

Elle s'avance encore, terrifiée, bouscule le lit, le livre s'échappe des mains inertes, glisse, tombe à terre.

Mon oncle est mort.

Un battement de cils, un battement d'ailes, deux petites mains crispées sur les anses du plateau... La voilà déjà repartie, Gégé, demi-tour à gauche, gauche, envolée, volatilisée, en un souffle, juste un souffle. La voilà qui virevolte, s'élance, se heurte, repart, rencontre un mur, recule, chauve-souris affolée dans une pièce sans fenêtre. La voilà qui s'affole, panique de plus belle, obstinément agrippée à la planche de salut qu'elle tient dans les mains, ce plateau de fortune où tremble maintenant la confiture d'oranges et grelotte la cuiller au rythme de cette course désordonnée, alarme pathétique au timbre de porcelaine, sonnette tirée trop tard.

Quand soudain... plus de houle, la terre ferme, rien ne bouge, voici quelques marches sur lesquelles s'échouer. Et se débarrasser, enfin, de ce satané plateau.

L'oiseau se pose. À quelques marches de moi. La chauve-souris a vu une lueur. Son cœur bat dans une cage aux barreaux rapprochés, resserrés sous une poigne de fer jusqu'à étouffer la plus infime pulsation. D'autres oiseaux piaillent dehors et la ramènent à la raison, cette petite Gégé, ce petit corps tassé contre la rampe, tandis que non loin gît celui, immense et inerte, d'un homme dont l'ombre, malgré tout, lui était salutaire.

Elle sent ma présence. Se retourne vers moi, sans peur, mais interrogative. Je lui réponds par un regard éloquent en direction de l'autre chambre du premier.

Gégé comprend, se lève, disparaît.

Puis j'entends la voix de ma tante demander quoi ou qu'est-ce. Et il y a le froissement d'un drap qui s'ouvre en grand. Puis la course élastique des pieds nus sur les dalles, et les cris, les cris et les larmes de ma tante hébétée. Et Gégé recroquevillée dans un coin, les oreilles bouchées.

15

Les funérailles ont eu lieu dans un petit village cher au cœur de mon oncle. Celui-ci n'était pas enterré que déjà les convives étaient reçus dans la maison pour boire comme des trous.

Cela a continué tout l'après-midi à coups de whisky douze ans d'âge, de petits fours et de gâteaux. Le sacré, peu à peu, l'a cédé au sucré, le souvenir aux sourires, puis aux rires. Les lèvres grasses, on a commencé à engloutir des petits canapés dans de larges fauteuils, à parler de mille choses, à oublier et à s'oublier puis, avant de partir, l'air faussement contrit, on a renouvelé toutes ses condoléances dans une haleine de scotch et de mayonnaise, et l'on s'est éloigné dignement en contenant un rot.

Nous voilà donc tous les trois seuls rue Thiers, dans l'immense volière. Gégé perche toujours là-haut, dans la mansarde qui jouxte la mienne. Ma tante se recroqueville frileusement au premier, sous les plumes d'un édredon, bercée par ses pensées, nageant complaisamment dans l'océan sépia de ses souvenirs.

Comment faire pour lui redonner goût aux choses du présent ? Gégé y va de ses petites attentions qui vont droit au cœur, fût-il distrait par un passé qui semble n'avoir jamais été imparfait ; et il n'est pas un jour de cette triste période sans que ma tante trouve sur sa table de nuit un petit bouquet de fleurs, avec son café un carré de chocolat ou même – sacrifice absolu – la moitié d'une boîte de boules de gomme. Rien de grandiose en somme, et pourtant les breloques ont l'éclat du diamant pour qui les reçoit avec des larmes dans les yeux.

Parfois on sonne. Gégé ouvre la porte à quelque corbeau compatissant, accompagné de son épouse.

Lui fait son entrée solennelle, jabot en avant, œil grave. Se campe devant Gégé et lui demande invariablement : « Dites-moi, Germaine, comment est Madame ? » tout en accomplissant du bras droit ce mouvement de grue mécanique consistant à pincer le haut du chapeau pour le soulever ensuite délicatement et l'accrocher à l'une des patères du vestibule. Elle pépie déjà, aigrette frétillante et bec pointu, prenant des gants et tirant sur les siens avec des airs de femme fatale qui bat de l'aile.

Gégé les conduit à la grande chambre de ma tante, attend la fin de la visite, puis les laisse s'échapper avec soulagement en songeant que, demain, d'autres oiseaux de malheur viendront prendre le thé au chevet de la veuve, pour picorer de concert quelques menus souvenirs et des biscuits au citron.

16

Ainsi donc, « la vie continue », comme ils disaient le jour de l'enterrement. Non sans ajouter – comme pour se conforter dans l'évidence même – en parlant du défunt : « Il l'aurait voulu ainsi. »

La vie continue pour ma tante et Gégé, dans cette grande bâtisse verticale qui ressemble à un schéma en coupe, ou à ces maisons de poupée sans façade dont on voit chaque pièce : en bas, la cave, au rez-de-chaussée le vestibule, la salle à manger, la cuisine, le petit salon et le salon, puis le départ de l'escalier. Au premier, trois chambres, les toilettes et une salle de bains. Puis le deuxième étage, avec ses débarras, d'autres cabinets, ma chambre, et un petit espace bien rangé avec vue sur la lune : le nid de Gégé. Au-dessus, un toit et une cheminée. De quelle main géante tout cela est-il le jouet ?

Maison bien trop grande pour ces deux femmes, bien trop pleine de pièces, de recoins et de couloirs pour qu'elles puissent s'y rencontrer autrement que par hasard ou pour les besoins du service. Maison bien trop haute pour qu'elles aient une chance de se trouver au même moment au même niveau : pendant que ma tante relit Mauriac ou La Varende dans le petit salon,

Gégé feuillette quelque roman-photo là-haut sous sa lucarne en savourant chaque sourire d'une Sissi de boulevard ; quand l'une regarde la télévision dans sa chambre du premier, l'autre repasse dans le salon ; et tandis que la première déjeune toute seule dans la salle à manger, il y a de fortes chances pour que la seconde soit au grenier, finissant d'y mettre un peu d'ordre.

Et puis ma tante a ses visites, ses bridges, ses thés. Sa messe à Saint-Seurin, chaque jour à 18 heures, qu'elle ne manquerait pour rien au monde. Sans compter les longues heures qu'elle passe dans sa chambre, à trier des photos, composer des albums, relire d'anciennes lettres ou regarder pousser son arbre généalogique : dans le soin apporté à ce chêne familial, elle met autant d'amour qu'en témoignait feu son mari pour voir s'épanouir ses poiriers de Lacanau.

Ma tante et Gégé. Gégé et ma tante. Des hauteurs de plafond, des épaisseurs de mur, des tombereaux de plâtre les séparent. Entre autres. Souvent, elles se cherchent. S'appellent : *« Matâme ! Téléphône ! »* Et réciproquement : « Gégé ! Sœur Claude Michel au bout du fil », ou encore : « Gégé ! On sonne ! Allez ouvrir, je vous prie ! »... Leurs voix résonnent et rebondissent en échos innombrables sur les corniches, les dalles, les moulures et les lambris, suivies de pas précipités et de portes qui se ferment on ne sait où.

Et moi je suis l'écran de chair salutaire à leur pudeur. Le prétexte providentiel qui les empêche de se retrouver réellement face à face, nues comme des vers. Je suis le messager de leurs touchantes petites requêtes mutuelles. Et le plus délicieux est qu'elles me croient dupe.

17

Comme pour se convaincre que rien n'a changé, que rien n'est arrivé, tout a repris place selon le rythme de naguère. J'en ai noté la régularité de métronome.

8 heures. Le petit réveil rouge de Gégé la sort de ses rêves que l'on ose espérer pleins de valses viennoises, de lieutenants autrichiens portant brandebourgs et rouflaquettes, de châteaux pâtissiers à la Louis II de Bavière.

Elle endosse à la hâte son inévitable blouse bleu pâle à boutons rapprochés et col Claudine serré, chausse ses ballerines achetées aux Quinconces, noue en chignon sa longue, épaisse et juvénile chevelure noire et fait un brin de toilette au-dessus de son lavabo.

8 h 15. La radio crachote dans la cuisine, les couverts tintent, le réfrigérateur s'ouvre et se ferme avec des bruits de ventouse, une allumette craque, et de la cuisinière à gaz émane un ronflement régulier ainsi qu'une forte odeur de soufre brûlé.

8 h 30. Le plateau est prêt. Tout tient de justesse, comme d'habitude, mais Gégé connaît bien son affaire.

8 h 35. De ses petits bras en équerre, Gégé porte à ma tante le plateau du petit déjeuner. La claire

vibration de l'ensemble, en s'approchant de sa chambre, tient lieu de réveille-matin à celle-ci, laquelle se dresse alors sur son séant, presse l'olive de sa lampe de chevet, vérifie l'heure à sa montre – le cadeau de son époux pour leurs trente ans de mariage – et remet un peu d'ordre dans sa belle couronne argentée pour accueillir Gégé.

9 h 15. Celle-ci vient rechercher son plateau tintinnabulant tandis que ma tante se prépare à sortir se promener comme chaque jour dans les allées d'Amour : quelques pas, rien de plus, pour voir le jour et les passants, entendre sonner de près les cloches de l'église, observer les commères, les commerces, les gens, la ville, et peut-être, qui sait, poursuivre d'un pas sûr jusqu'à la place Gambetta où elle allait jadis au bras de son mari.

Une rencontre – dans le quartier, elle est plus qu'une figure, elle est un visage que l'on aime –, deux ou trois phrases échangées avec quelque voisin, la voilà qui revient un *Sud-Ouest* à la main, ou bien *Le Figaro* qu'elle déploie doucement pour parcourir, sourcils froncés, toutes ces histoires de politique qui la passionnent, et le Carnet du jour où s'écrivent des vies de colonne en colonne : naissances, mariages, décès et remerciements...

Pendant ce temps-là, Gégé fait les courses, puis le déjeuner : le sien, d'abord, qu'elle prend à la cuisine, serviette au cou et genoux serrés face à une assiette blanche de bébé ; puis celui de ma tante, que celle-ci prend seule, vers midi et demi, dans la salle à manger. Le craquement d'une baguette qu'un couteau déchire, le son mat d'une assiette posée sur la nappe, le jet dru du robinet au-dessus de la carafe, tout cela, mieux qu'une annonce solennelle, signale, l'heure venue, que le repas est servi.

Quelques tintements de fourchette plus tard, et le temps, benoîtement, de s'humecter le coin des lèvres, voilà la grande maison plongée dans une ombre odorante d'après-déjeuner : en même temps que le silence de la sieste, règnent en effet dans chaque pièce les derniers fumets de la blanquette, du pot-au-feu ou – le vendredi – du poisson. Puis Madame dort un peu. Et Gégé boit un coup, choisit un chocolat de mauvaise qualité dans une boîte en fer rose semblable à celle dans laquelle elle pioche parfois avec le même geste une pièce ou un billet pour se ravitailler.

De quoi s'armer de courage pour l'après-midi, au cours de laquelle Gégé s'adonne au menu ménage que nécessite une « échoppe » de cette taille, n'oubliant pas au passage de préparer, en cas de visite, le plateau du thé ou le plateau du punch.

Et l'après-midi passe, les visiteurs aussi, reçus par ma tante qui descend l'escalier de sa démarche de reine tandis que Gégé, l'haleine et l'accent forts, débarrasse ces *« messieurs-tâmes »* de leurs manteaux, chapeaux et écharpes.

Puis vient la messe de 18 heures, et la nuit qui descend sur la maison comme du chocolat sur une poire Belle Hélène : les fenêtres s'allument, rappelant à leur façon qu'il faut d'ores et déjà songer au dîner. Lequel se prend vers 20 h 30, après que ma tante a vu les informations télévisées assise dans le grand fauteuil Empire de sa chambre. L'une dans la salle à manger, l'autre dans la cuisine, les deux femmes dînent en silence : la première découvre du bout des lèvres une solitude dont la seconde est rassasiée depuis longtemps.

Toutes les deux se disent alors bonsoir, mais le soir n'est bon ni pour l'une ni pour l'autre.

Ainsi s'enfilent les journées sur le fil du temps, comme ces grains de chapelet que ma tante laisse courir entre ses longues mains, chaque jour, agenouillée sur son prie-Dieu de paille face à la Vierge de Saint-Seurin. Les yeux fixés sur ce visage de statue, elle n'a pas de mots assez tendres pour le ciel et la terre, et pour l'oiseau blessé qui n'a de cesse de voleter de l'un à l'autre : Gégé.

18

Ce que Gégé préfère, c'est aller acheter du fromage à la crémerie Bayoux, au bout de la rue.

Une devanture néomédiévale, un camembert en bois faisant office d'enseigne, un colombage de bon aloi, quelques poutres peintes : ici, tout est bon, tout est beau pour qui aime le lait. La crème. Le yaourt. Les petits-suisses. Le beurre. Le caillebotte. Et le fromage. Car des fromages, naturellement, il y en a partout. Des frais, des faits, des forts, des coulants, des collants, des secs et des plâtreux, des crémeux et des vieux, de chèvre ou de brebis, des moisis, en voilà, de toutes sortes, de toutes formes, de toutes appellations... de l'emmenthal au livarot en passant par le cantal, le géromé et le maroilles, du sassenage au comté sans oublier le saint-fiacre, le port-salut et le chester, ils occupent l'espace avec vigueur, piqués d'une étiquette blanche, s'égouttant sur les clayons ou soigneusement alignés sur leur paille ondulée : à humer le parfum qui règne dans ce temple voué au dieu Calcium, on jurerait que beaucoup de fidèles ont enlevé leurs chaussures pour y pénétrer.

Gégé aime à venir ici. Pas seulement parce qu'une fée Clochette annonce son arrivée, ni pour sacrifier au culte de la Vache. Mais aussi et surtout pour contempler d'un œil envieux la reine de ces lieux : Mme Bayoux. Mme Bayoux, crémière de son état, incarnation de la vie, antidote personnifié contre l'angoisse, le malheur, le désespoir, majesté de bonheur et de sérénité.

Gégé ne se lasse pas de l'admirer : Mme Bayoux est son contraire. Entre elles deux, c'est la rencontre du vide et du plein, du maigre et du cent pour cent matière grasse. L'une est grise, l'autre toute rose. L'une est timide, l'autre volubile. Et tandis que celle-là cache une mine creusée, ravinée, érodée, celle-ci arbore de partout une rondeur triomphale : avec son embonpoint pastel, ses joues lisses, son chignon impeccable, sa peau de lait, sa poitrine grosse comme une motte de beurre fermement maintenue sous un col roulé pâle et une blouse blanche immaculée, ses gestes lents, posés, cette façon bien à elle de tâter les fromages et de les caresser comme des enfants, d'en jauger le volume, d'en juger la blondeur et la souplesse, sa manière de glisser sur le carrelage bleu ciel, Mme Bayoux rayonne d'une telle volupté, d'un bien-être si contagieux, que quiconque pénètre dans son antre magique se sent à la fois revigoré et apaisé, retourné comme un yaourt par une cuiller, roulé comme un petit-suisse et saupoudré de joie, bref, avalé goulûment par la grâce pour fondre finalement en un sourire béat.

Gégé n'échappe pas à la règle, hésite des heures devant un reblochon, un chèvre ou un roquefort. Observe la façon dont cet être moelleux s'appuie de tout son poids sur le fil du tranchoir, fil de Nylon tendu qui s'enfonce dans la chair d'un gruyère dont la tranche s'écarte docilement, comme par abandon, pour finir plaquée sur le plateau de la balance dans un silence solennel interrompu soudain par la voix chaude de Mme Bayoux, – poignets aux hanches devant l'aiguille qui hésite puis s'immobilise : « Et avec ça ? »

Et avec ça, rien. Un dernier coup d'œil sur ce somptueux fessier de percheron, ces mamelles nourricières et ces lèvres humectées qui embrassent la vie à chaque mot prononcé, et puis Gégé s'en va, à regret, mesurant à l'aune de cette fraîcheur et de cette force l'aridité de son existence. De ses mains, de ses bras, et de son ventre qu'aucun enfant n'a jamais gonflé.

Et avec ça, elle s'en retourne de sa démarche cahoteuse poursuivre sa ronde. Après la crémerie, la boucherie, où la méchante Mme Bordère la toise du haut de sa caisse avec l'envergure d'un prédicateur en chaire ; puis la boulangerie, où ma tante a un compte ; et le maraîcher, où on l'aime bien, la « p'tite Germaine », qui demande des *« pômes »,* des *« mantarines »* et des *« courchettes »*... Autant d'étapes d'un même circuit que Gégé parcourt chaque jour, au gré des menues commissions griffonnées à la hâte par ma tante sur du papier quadrillé ; autant de petits bonjours aimables, de sourires furtifs, de compliments à la sauvette prodigués par les uns, concédés par les autres, mais qu'elle attrape du bec comme des vermisseaux pour apaiser son âme. Sans parler de l'accueil qu'on lui réserve chez les sœurs du Sacré-Cœur, et des chocolats qu'elle partage parfois avec le personnel de l'Armée du Salut, rue L'Abbé-de-l'Épée ; sans parler des regards un peu gentils quand même qu'elle accroche çà et là dans la rue, tandis que sa silhouette rase les murs noircis du vieux Bordeaux. Sans oublier *sa* maison, *sa* rue Thiers, où elle se sent chez elle : de tout cela elle se nourrit chaque jour que Dieu fait.

19

Le dimanche arrive dans un vent plus pur et une volée de cloches. Le dimanche naît dans un frottement de feutre, un raclement de chaises, et les mille trottinements de vieilles dames pressées affluant à l'appel, confluant vers un même porche, celui, tout orgueilleux de pierre meurtrie, de l'église Saint-Seurin.

Bordeaux souffle. Bordeaux soupire enfin. Bordeaux, pour un jour, se remet des infatigables flatulences automobiles. Bordeaux du bord de l'eau, de toutes ses rues, de toutes ses venelles et de ses places béantes, respire l'air du large accouru lui aussi et fête ce répit à grands coups de gibier païen, de gâteaux catholiques et de vins protestants.

À Saint-Seurin, les cierges fument à la lumière de maigres lampes tandis qu'au loin luit le saint sacrement. Ma tante a pris place parmi d'autres manteaux, d'autres pieds de chaise, d'autres feuilles de chant mal ronéotypées. Autour d'elle montent vers les croisées d'ogives des prières murmurées qui se veulent des clameurs, des psaumes chevrotants, et toutes ces voix échappées des gorges comme des oiseaux sublimes aux ailes empesées. Ces beaux regards humains brillent à la lumière oblique des vitraux vermillon, regards fixés sur Dieu et empreints de la grâce que confère l'ambition pathétique de lui ressembler. Et s'ouvrent grands ces yeux réconfortés sans doute par la douce sensation de se sentir au chaud, le cœur en paix, parmi d'autres cœurs et d'autres corps livrés à l'espérance comme pour se délivrer. Dieu, qu'il est beau de les voir tous !

Le sang du Christ.

Gégé, dans sa chapelle perchée, fête son jour de congé.

Je l'entends d'ici. D'ailleurs, elle fait ce qu'elle veut. À condition qu'elle ne m'empêche pas de travailler et de terminer ce putain de rapport de stage dont le mérite consiste à me faire oublier cette putain de Carole qui n'est pas « refenue », et c'est bien mieux ainsi.

Et allez donc ! Gégé lève bien haut son verre. L'œil brillant, elle considère la robe rubis de ce pauillac 1984 plus cher que ce qu'elle achète d'habitude. Le sang du Christ. Le sang du Christ est d'abord froid, trop tannique peut-être. Un rien amer. C'est un breuvage rouge à base de raisin, râpeux, âpre au palais, un serpent aux écailles hérissées.

Mais voici qu'à mesure que les gorgées l'abreuvent le serpent se retourne, serpent docile, pour devenir doux, et tiède comme le bien-être même, et faire son office au tréfonds de Gégé. Lové au fond de son palais, vipère sans venin, il ne siffle plus mais souffle doucement sous le ciel du crâne comme une bise qui se lève quand la nuit tombe, joli serpent dompté qui fait sa mue pour devenir fluide et chaud comme un filet d'eau de source, puis un ruisseau, puis un torrent bouillant, bouillonnant, tourbillonnant : la lie devient le lit d'un fleuve gigantesque et, au troisième verre, le monde se met à tourner non pas autour du soleil, mais autour de cette boule de feu, de cette flamme liquide et carminée, de ce centre de l'univers, roulant, roulant comme les yeux et le menton de Gégé devant cette providence de fin de semaine. Rien n'est beau comme cette femme qui porte à la coupure qui lui tient lieu de bouche cette coupe profane où se reflètent le monde, les hommes, l'humanité entière. Elle boit. Le vin coule dans le puits. Elle se gorge. Ne repose pas la coupe sans l'avoir terminée. Et elle aspire encore. Le vin coule dans ses veines jusqu'au fin fond de ses racines, étanchant cette soif qui la fait vivre, nourrissant sa matière, sa pâte humaine, sa propre terre comme une lourde pluie de mars aux premiers jours du printemps. Elle respire, Gégé, terre imbibée, le cœur chaud, elle s'envole puis se sert à nouveau, lève son verre aux hommes, et admire le soleil à travers celui-ci, éclat de vitrail rouge, filtre de lumière et philtre d'amour. Terreau bien gras dans un pot de terre cuite, fêlé aux entournures. Humus gorgé d'amour dans un corps fragile. Gégé renaît à la vie, renaît à l'amour, arbrisseau cherchant sous sa lucarne toute la lumière de la rédemption. Le sang du Christ est dans ses veines et irradie son être, le sang du Christ est ce vin chaud qui imprègne son corps, et dans cet emboîtement de petits os, de petits nerfs, de craquelures et de rides, vient se loger, tout simplement, la condition des singes humains.

Midi sonne aux cloches de Saint-Seurin quand Gégé vient me donner un peu de son nectar.

20

Schnell ! Schnell !... C'est l'alerte. Ça gueule, ça galope dans tous les sens. *Schnell !...* Ils ne savent dire que ça. Les armes brillent aux hanches, lancent des éclairs de soleil au rythme du pas de charge des hommes qui les portent. Elles ont un son creux de jouet.

Schnell ! Ils aboient de plus belle. Les bottes brillent aussi dans une lumière d'ampoule géante. Ils courent tous. Vus d'ici, les camions ressemblent eux aussi à des modèles réduits. Et toujours cette lumière en pleine gueule. Les moteurs hurlent. Les hommes s'entassent tous dans les camions, ils s'adossent aux ridelles, il en arrive de partout, des officiers, et des troufions, et des civils en imperméable, sortant qui des chambrées, qui des bâtiments de garde, qui des cantines... Criant, courant toujours... Grimpant dans les camions en marche, au son des sirènes et des coups de sifflet. Et les camions démarrent frappés par un soleil de plus en plus blanc, de plus en plus proche, crépitant, brûlant, aveuglant...

Toc ! toc ! toc !

Ça y est. On vient me chercher. Plus le temps de partir. Les cris s'éloignent. Les moteurs aussi. Plus de sirène.

Toc ! toc ! toc ! « Monsieur Jean, réfeillez-fous ! »

Ils envoient des femmes, maintenant. Je ne parlerai pas. Arrêtez cette lampe.

« Monsieur Jean ! »

Plus de bruit, plus un cri. Seulement les murs et le silence. Et la lucarne blanche, ce ciel gris aveuglant, comme un pieu de lumière enfoncé dans ma tête.

« Monsieur Jean ! Réfeillez-fous ! Monsieur Jean ! »

Je m'entends articuler : « Je me lève ! Je me lève ! » et me surprends ainsi, le coude sur la tête, comme pour me protéger, recroquevillé dans mon coin de mur, oisillon oublié au fond du nid. Les pas s'éloignent. Pas la douleur. Pas l'orage, ni ces coups de crosse qu'une main d'acier m'assène dans le crâne au rythme de mon cœur, cœur serré, cœur soulevé par une nausée tenace. Le doux ruisseau d'amour est redevenu serpent, cobra noir et pesant enroulé au fond de l'estomac.

Il veille. Et les coups le réveillent. Peu à peu. Je le sens bien.

Cobra énorme englué dans la bile et les vapeurs d'alcool. Le marteau cogne de plus belle dans mon cœur et mon crâne. Putain de gueule de bois.

Le serpent se dresse lentement, glisse une tête dans l'œsophage et, ce faisant, soulève un peu mon cœur en un hoquet furtif.

Je connais bien ce serpent. C'est celui de Gégé. Capable du meilleur et du pire.

Le serpent s'est calmé. Je vais un peu mieux. L'air de la lucarne me soulage.

Ma langue est pâteuse. Du serpent qui somnole au fond de mes boyaux, je ne sens pour l'instant que l'odeur fauve du vin tourné, fermenté, mal vieilli au fond des chairs.

Cette fois il se réveille pour de bon.

Je suis prêt.

Et soudain il se dresse. D'un coup. Soulevant tout : le foie, le cœur, la rate, l'intestin. Sa tête est engagée. Un soubresaut, un hoquet, encore un, une secousse, puis un furieux coup de queue, sa tête est enragée, prise dans l'œsophage, encore un coup, il remonte, couleuvre de gouttière, je m'étrangle, j'étouffe, je me tiens le cou, le serpent monte, gluant de bile, voilà sa tête au fond de la gorge, sa petite langue titille ma glotte, le voilà, toute la tête, puis le corps... Le temps de bondir sur la cuvette et il sort tout entier, le serpent, la tête, le corps, la queue, en un grand cri mouillé et dans le vomi noir du vin qui fait mal.

Vient ensuite l'odeur acre du cœur en bouillie.

Et ce sentiment de solitude immense, de vide dans la tête, l'estomac, le corps tout entier, peau de serpent laissée là, cartonneuse, sèche, après la mue.

Solitude infinie ! Elle m'étreint avec autant de force que l'étau de métal de chaque côté de mon front. Solitude de l'amoureux éconduit.

Ce matin, mon dégoût est à la mesure de ma tendresse. Il a débordé mon être pour engloutir le monde sous une épaisse croûte de lave.

Gégé devant la porte me dit seulement : *« On s'hapitue, monsieur Jean. »* De fait, elle n'a pas l'air malade. Son pauillac était bon.

Et le vent silencieux qui s'engouffre dans ma chambre m'enseigne que le QG d'en face est bel et bien devenu un centre des impôts, et que l'on n'y a pas vu le moindre casque allemand depuis un demi-siècle.

Il a déchiré la nuit comme on déchire un drap. Et transpercé mon sommeil, mettant mes rêves à vif. C'était un cri de bête. Un cri venu d'une bouche large comme un trou noir. Un cri sorti d'une gorge aux échos de tunnel, un cri percé de deux yeux affolés, comme surpris d'un tel bruit et des ondes qu'il provoque, formes enveloppantes, courbes aiguës au fond desquelles le silence n'est plus qu'un noyau noir.

L'écho du cri n'a pas fini de s'évanouir que je suis à ma porte, la main sur la poignée, entre rêve et terreur, chien et loup, guettant la bête qui a pu faire *ça* et qui ne peut être que ma voisine. Car c'est Gégé qui a fait *ça*. C'est Gégé qui a hurlé comme un porc à la vue du tranchoir. L'instinct des bêtes. Gégé a senti la mort.

La verrière du toit éclaire d'un bleu ardoise les marches de l'escalier, et je sens la glace envahir mes pieds et transir mon corps. Est-ce seulement le froid qui me fait tressaillir ? Pourquoi mes jambes fléchissent-elles ? Pourquoi ma main dans la nuit cherche-t-elle l'appui d'un mur ? Et pourquoi tousser alors que je n'en ai nulle envie ?

Chaque seconde qui passe me rapproche de la source du cri, de la rage même, de ce puits insondable d'où il a jailli.

Derrière la porte de Gégé, je viens d'entendre un grincement de sommier. Et dire que cette porte qui se dresse devant moi dissimule le cri ! Il doit être juste derrière, prêt à surgir, tapi dans l'ombre. Et moi, je frissonne dans mon pyjama, mon cœur se vide de son sang, je lève les yeux vers la verrière bleue, cherche le grand oiseau, et fouille du regard chaque recoin des plafonds, la porte s'est ouverte juste devant moi, mais nul grincement, à peine un souffle sur mon cou, je n'ai rien entendu, rien senti, je scrute toujours là-haut, il n'y a pas de rapace.

Enfin mes yeux se baissent.

Et le cri que je pousse alors dans la nuit est bien celui d'une bête.

Car ce masque bleuté qui me regarde droit dans les yeux, c'est Gégé. Cette tête réduite aux longs cheveux d'ébène, c'est Gégé. Cette vision de cauchemar qui offre son sourire pour mieux me rassurer, c'est Gégé. Ce visage de sorcière sous des mèches d'adolescente, c'est Gégé. Gégé dont la figure de cire s'anime comme par miracle pour s'excuser à mi-voix : *« Encore un caucheumâr. »*

En descendant l'escalier pour aller boire à la cuisine, je tombe sur ma tante, accourue elle aussi. Se recoiffant d'un geste et retournant se coucher, longue dans sa chemise de nuit, elle a cette phrase ensommeillée : « Toujours ce même cauchemar. Les salauds ! Quand je pense qu'ils l'ont prise pour Mata Hari... »

J'avais vu juste.

Combien de repas se sont succédé sous le grand lustre de la salle à manger ? Combien de voix ont résonné entre ces murs couverts d'assiettes anciennes, de scènes de chasse et d'une peinture sur laquelle le temps a passé son lait de chaux ? Les bouteilles que mon oncle allait chercher à la cave n'avaient pas leurs pareilles pour délier les langues. Attiser les discussions. Et, finalement, faire naître de vrais rires, des rires francs, des rires de jolies femmes, des rires libérateurs.

Mon oncle parlait de ses traversées. Des Antilles. Des plantations. Il était question de vérandas, de crépuscules tropicaux et d'avions à hélices. Les colonies. Et puis les hommes allaient fumer le cigare, et les femmes s'entretenaient entre deux portes, leurs mignonnes bouches pleines de confidences.

Gégé entendait tout. Elle rêvait debout, elle rêvait de jardins et d'essences rares, de baies illuminées, d'étraves sous les étoiles et de beaux gentlemen goûtant le vent du soir sur le pont des paquebots. Elle aimait ces dîners. C'était son cinéma.

Mais désormais... Disparues les fins de repas sentant bon le tabac et les récits lointains, disparues ces longues cigarettes marquées de rouge à lèvres que Gégé rallumait au feu de la cuisinière... À tout jamais remplie de ces voix éteintes, la belle salle à manger n'en paraît que plus vide. Désespérément vide et gigantesque.

C'est dans ce vide-là que ma tante et moi déjeunons aujourd'hui. De la cuisine nous parviennent les lappements de Gégé, dont les dents clairsemées n'autorisent pour menu qu'un maigre choix de bouillies, de purées diverses et de viandes hachées.

Ainsi déjeunons-nous chacun de notre côté comme chaque dimanche que Dieu fait. Rien, en vérité, ne sépare ces deux femmes, sinon une cloison ; et rien ne les distingue, sinon précisément qu'aux yeux des mortels l'une est une vieille femme et l'autre une vieille dame.

Or la vieille dame, aujourd'hui, se sent seule, même en ma compagnie. Comment oser ? Lui ne l'aurait jamais permis. Elle l'aurait fait depuis longtemps si elle n'avait senti jusqu'à ce jour sa vigilante présence à ses côtés, la suspicion de ceux qui, à peine partis des lieux, retournent sur leurs pas pour être sûrs de n'avoir rien oublié.

« Gégé ? »

Le frottement d'un tabouret. Les pas du petit rat, et voilà Gégé qui apparaît dans l'encadrement de la porte, sa serviette à la main.

« *Matâme ?* »

Elle s'essuie la bouche, les pommettes saillantes, les pantoufles en éventail, minuscule.

« Ah ! Gégé ! dit ma tante, comme surprise. Ma petite Gégé, reste-t-il des noix de Camalès ?

111

— *Mais foui ! mais foui !* » Gégé se précipite. Dans la cuisine, elle répète : « *Mais foui !* »

La voilà qui revient toute fière, les mains en bol pleines de ces belles noix qu'elle déverse alors sur la nappe rouge.

« Gégé, aimez-vous les noix ?

— *Mais foui ! J'âtôre les noix ! Très pon pour la santé, les noix ! Très pon, très pon ! Hé hé !* »

Une main à la hanche, l'autre au menton et l'œil rieur, elle fixe les noix rêveusement.

« Eh bien, Gégé, prenez-en si vous le voulez. »

Gégé ramasse quelques noix et s'apprête à partir. Silence. Et ma tante, plus doucement :

« Mais prenez-les donc ici. »

La courte silhouette s'arrête net dans son élan. Elle se tourne vers moi, m'interroge du regard, attend mon assentiment, puis finit par s'asseoir sans chichis, juste en face de ma tante, avec pour tout commentaire : « *Mais foui.* »

Ma tante a le casse-noix en sa possession. Elle en pose quelques-unes, brisées, devant cette convive inhabituelle. Celle-ci remercie, se ravise, hésite, et se lève en déclarant : « *J'ai un peutit ferre de fin à finir* » avant de revenir avec son petit verre et une solide carafe de tord-boyaux, à peine entamée. Accoudée à la table comme à celle d'un estaminet, la voilà qui saisit la carafe par le col comme une poule par le cou, sans ménagement, et s'en verse une rasade dans son verre en Duralex. Maintenant la carafe trône au centre de la table, arbitre intraitable. De part et d'autre de la nappe craquent les noix comme des os. Madame rompt le silence :

« Germaine ?

112

— *Matâme.*

— Comment ça va, en ce moment ?

— *Mais ça fa, Matâme, ça fa !* »

Panique. Coup d'œil dans ma direction. Les yeux et le menton roulent, comme toujours.

« Nous nous débrouillons bien toutes les deux, n'est-ce pas ?

— *Mais pien sûr, Matâme, pien sûr. Hé hé.* »

Une main fine, longue et soignée se pose prudemment sur le corps encore chaud de la carafe. Ma tante se sert, puis remplit mon verre.

« Ma petite Germaine, si un jour quelque chose ne va pas, surtout dites-le-moi.

— *Mais foui, mais foui.* »

Gégé empoigne la carafe et la penche sur son verre dans un grand bouillonnement de pinard.

« Eh bien, Gégé, comme vous y allez ! »

Ma tante considère la petite femme rubiconde avec dans les yeux une sévérité teintée d'amusement. Celle-ci vide son verre avec la voracité puérile d'un enfant entamant son gâteau à la crème. Ce disant, ma tante se ressert un verre. Et tandis que le vin, qui empourpre ses joues, hésite dans ses yeux à se changer en rire ou en mélancolie, elle s'enhardit soudain :

« Germaine ?

— *Oui, Matâme.* »

Gégé grignote une noix du bout de ses chicots.

« Gégé, j'ignore pourquoi je pense à cela maintenant, mais il y a une chose que je voulais vous demander depuis longtemps...

— *Oui, Matâme.*

113

— Ma petite Gégé, il y a à peu près un an, après un punch avec les Mérieux, quand vous avez renversé l'eau du bac à glaçons dans le cou de Monsieur qui somnolait dans son fauteuil...

— *Oui, Matâme ?*

— ...Vous l'aviez fait exprès ? »

Silence. Je me plonge dans un *Sud-Ouest* providentiel qui traîne à portée de main.

« *Oui, Matâme.* »

Je lève les yeux. Et quel spectacle ! Allumé par la flamme de ces trois syllabes aussi franches que massives, le rire de *« Matâme »* part comme une fusée, monte dans les aigus pour éclater soudain en un feu d'artifice de notes claires et nettes, explosion de joie, secousse magnifique, séisme du corps penché en arrière sur une chaise frêle, rides et rires en un même bouquet, dents de perles et cheveux d'argent, et dans les yeux un éclat qui a choisi entre liesse et tristesse. Après un instant beau comme les étoiles, ma tante reprend son souffle et Gégé un peu de vin. Je n'existe pas. Carole non plus. Il n'y a qu'elles. Quelques fusées retardataires retombent encore du ciel, de-ci, de-là, en rires étouffés, petits hoquets hilares, respirations appuyées.

On croit que c'est fini. Mais à peine toutes les deux se regardent-elles à nouveau que le rire repart de plus belle, limpide d'un côté et comme grinçant de l'autre, rauque, rouillé comme une vieille machine pour n'avoir pas été sorti souvent de son tunnel noir. Rire partagé comme le vin, comme le pain, comme les noix. Et comme les souvenirs, dont elles se resserviront tour à tour, infiniment, en ce bel et long après-midi, rien que pour elles deux, se délectant des

114

victuailles d'un grand banquet en face à face où les carafes, sacrifiées sur l'autel de l'amour, seront saignées l'une après l'autre pour sceller d'un même sang le serment du temps qui passe.

23

Non que tout ait changé, bien sûr, depuis cette belle après-midi de souvenirs et de vin ; mais du moins ces deux femmes sont-elles désormais conscientes – et la conscience est une forme d'aveu personnel qui déjà n'est pas loin de froisser leur pudeur – qu'elles ne peuvent, tout simplement, vivre l'une sans l'autre. Du moins sont-elles certaines d'avoir découvert un trésor mutuel enfoui dans chacune d'elles, et d'en éprouver une jouissance réciproque.

Les voilà donc unies par l'indéfectible lien d'une solitude qui elle-même trouvait regrettable de se départager en deux êtres distincts. Deux êtres qui, pour avoir vécu sous le même toit, n'en étaient pas moins, jusqu'à ce jour, terriblement éloignés l'un de l'autre.

Oh ! bien sûr, chacune continue d'occuper son rôle, et c'est bien mieux ainsi. Ma tante voudrait-elle y changer quelque chose que Gégé ne le permettrait pas. Mais que de petites phrases échangées çà et là, de conversations impromptues et de sourires de connivence ! Que de mots complices de part et d'autre ! Mots anguleux de Gégé, trébuchant de sa bouche en biseau, s'accrochant à sa coupure de lèvre pour s'échapper enfin en un vol maladroit. Mots tendres de ma tante, qui ne s'embarrassent pas de commisération ni même de générosité, mais d'une vérité qui ne doit rien aux bonnes manières et à l'éducation. Toutes choses qui avaient certes cours par le passé, mais pas de cette façon-là.

Aussi n'est-il pas rare que les gens du quartier voient passer maintenant ces deux silhouettes familières, bras dessus, bras dessous, partant en promenade : ma tante marchant droit, le port de tête digne et la démarche longue, et Gégé trottinant de son pas bancal, la pommette rosissante et le menton conquérant, l'œil vif entre deux tics, si fière d'être vue en cette compagnie. Elles cheminent ainsi parfois plusieurs heures, poussant leur course jusqu'aux allées de Tourny, échangeant quelques mots, regardant dans le même sens, écoutant les mêmes bruits, humant les mêmes odeurs.

Ainsi de cette balade qui les a conduites aujourd'hui jusqu'aux grilles du jardin public. Je ne sais ce qui m'a pris de les prendre en filature ! Ma tante commente les fleurs, les pelouses, les arbres. Questionne les jardiniers. S'amuse des colonnes néoantiques du vivarium. Sourit à une amie mais fixe d'un regard distrait les nuages et les cimes quand vient à s'annoncer à l'autre bout d'une allée quelque fâcheux de sa connaissance. Déchiffre les écriteaux en latin, sous l'œil clignotant et approbateur de Gégé qui n'y entend goutte mais n'apprécie pas moins les couleurs, les parfums, les saveurs de ce sanctuaire dédié aux oiseaux, au gazon protégé et aux petits ponts de rondins.

Pour sa part, c'est aux cygnes qu'elle réserve ses faveurs et, surtout, ses miettes de pain : comme celle d'une enfant impatiente, sa démarche dévie insensiblement à l'approche des mares et autres petits lacs qui jalonnent le parcours. Ma tante le sent bien, elle est rien moins que dupe. Elle se laisse guider vers les chaises de fer, observant du coin de l'œil Gégé qui trépigne. Celle-ci n'aime rien tant que ces beaux oiseaux blancs à l'air désagréable, elle qui n'est pas jolie mais qui a la mine aimable. Déjà elle fourrage dans son petit sac, la main en bec d'oisillon, creusant un quignon de pain pour en extraire une mie sèche. Qu'elle envoie aussitôt aux indolents volatiles, avant de recommencer en un geste de semeuse. Ma tante est aux anges. Elles ont tiré leurs chaises au bord de l'eau. Gégé s'illumine. Elle nourrit son monde et, en même temps que le pain, jette son dévolu sur l'un ou l'autre de ses clients. Tous les cygnes sont là et les canards s'en mêlent. Et Gégé lance, lance, et lance encore...

On dirait à présent qu'il a neigé du pain. Ce côté de l'étang est jonché de boulettes, savamment modelées par Gégé qui puise et puise toujours sans épuiser pourtant ce sac de Skaï aux ressources d'entrepôt de boulangerie. Et les oiseaux picorent, gavés. Les cygnes plongent leur cou, du bec se frottent les plumes, s'ébrouent soudain. Et les canards cancanent devant ce festin. Et tous se gobergent, venus des quatre coins du bassin, abandonnant leurs jeux, leurs amours, leurs parades. Et le manège continue ainsi, un long moment, pour immanquablement se finir en disputes : certains se sentent lésés, les plus gros font la loi, les petits se lamentent, appellent à la rescousse, des poursuites s'engagent, des coups de becs s'ensuivent. Gégé, ravie, peut alors choisir son camp et envoyer ses miettes à ses favoris, à ceux qui n'ont rien eu, déjouant la vigilance des cygnes vaniteux qu'elle n'aime plus tant que cela, jouant des tours aux puissants, prenant les frêles sous son aile, favorisant les moches, les déplumés, dans une mare qui n'a pas vu pareils remous depuis que deux chiens de chasse se sont jetés à l'eau pour poursuivre un colvert...

Inutile de dire que ma tante ne perd pas une miette de cette scène qu'elle connaît par cœur. Se garde bien d'en perturber le déroulement. Et se contente d'observer le profil de sa compagne de vie, tout occupée à rassembler de ses ongles les dernières croûtes de pain perdues au fond de son sac, puits sans fond enfin vidé. Car Gégé, devant la mare du jardin public, est à son affaire. Rien ne saurait troubler son émotion quand elle rend justice dans le monde des oiseaux et qu'elle applique sa volonté divine à grands lancers de morceaux de pain.

Elles s'en retournent ensuite, toutes les deux, animées d'un sentiment confus de devoir accompli. Je marche à quelques pas derrière. Bordeaux grouille autour d'elles dans un grand tourbillon de feux rouges et de fureur, de voitures, de *pouêt ! pouêt !*, de *vroum ! vroum !*, de *tût ! tût !*, d'enseignes clignotantes et de panneaux lumineux : elles traversent tout cela, portées par une énergie délicieuse, le regard grand ouvert sur le monde, le manteau bien fermé sur le cœur. Rien ne pourrait les arrêter, sinon le flot des voitures ; et encore, à les voir, les soupçonnerait-on de pouvoir s'en débrouiller, de passer par-dessus ou à travers, comme deux anges tranquilles venus en visiteurs se promener en ville.

24

Comment l'expliquer ? Il en va de la vie comme des gens oisifs : après s'être repus d'une longue hibernation, on se demande quelle mouche les pique, et voilà qu'ils se plongent à cœur et à corps perdus dans de fébriles activités, comme réveillés par une soudaine mauvaise conscience.

Dans quel but l'instigatrice de chacun de nos actes s'ingénie-t-elle à se montrer si imprévisible ? Ainsi donc, après avoir maintenu mes deux belles héroïnes à distance respectable de ses préoccupations majeures, pourquoi faut-il qu'elle s'intéresse à elles de façon si soudaine ? Ne pouvait-elle pas, cette drôle de vie, les laisser souffler un peu, dans leur paix nouvelle, sérénité inespérée ?

À peine ces deux êtres se sont-ils frôlés que déjà l'existence vient s'interposer. Comme prise de jalousie. Ou de remords. Mal lui en prend : l'effet de cette entrave ne sera pas celui qu'elle espérait. Croyait-elle sérieusement qu'une simple maladie mortelle allait les séparer ?

Rien ne pouvait laisser supposer que Gégé serait prise d'un mal insidieux en cette fin d'hiver bordelais.

Tout commence très banalement, un matin, au lever. Dans ses draps à peine tiédis, à peine dérangés, à peine plissés par le maigre gabarit de son corps squelettique, elle laisse en se dressant comme une partie d'elle-même. Son corps se lève, abandonnant au creux de l'oreiller toutes les ondes, tout le flux, tout le fluide de la vie. Son corps se départage d'un autre corps aux allures de dépouille, quittant comme à regret la chaleur malsaine d'un sommeil fragile.

Mais ce petit bout de femme n'est pas de celles qui se découragent pour si peu. Elle rassemble ses esprits, et ses couvertures avec, pour en faire un tas. Puis brosse, comme à l'accoutumée, ses cheveux noirs, millions de traits d'encre de Chine qui dessinent son existence. À ce moment-là, c'est à peine si elle remarque dans la glace la lividité de son visage, contracté en grimaces ininterrompues de douleur et de honte. Puis elle revêt sa petite tunique habituelle, noue son col Claudine et chausse ses ballerines.

Ce n'est qu'une fois arrivée sur le palier de l'escalier qu'elle comprend. La première marche lui paraît aussi haute qu'une falaise, battue par les vagues du sang sur ses tempes, une falaise de craie plongeant dans un dédale de rochers escarpés, baignant dans la pénombre, et qu'une rampe fine protège trompeusement d'un vide trop tentant, à la façon d'un parapet rongé par le sel, le vent et le soleil, offrant aux paumes des vieillards un appui de dentelle. Chaque intervalle séparant les barreaux possède l'aspect béant d'une bouche ouverte, prête à happer quiconque s'aventurerait trop près. Pour le précipiter dans la cage tournoyante.

Gégé s'accroche. Gégé s'agrippe. Gégé s'assied. Appelle. J'accours. La mer continue toujours, à grandes giclées d'écume rouge, son travail de sape, creusant toujours son front de ses assauts furieux. Et devant elle l'escalier se noie dans une spirale molle, inversée par la fièvre qui gagne tout son corps, l'engourdissant petit à petit et le ramollissant comme une planche de salut au bois imprégné d'eau, pourri par les flots, pourri par tout le temps passé dans la tempête.

Ce n'est pas une mer démontée qui va l'empêcher de descendre. Ni ma désapprobation. Ce n'est pas une falaise, si vertigineuse soit-elle, qui peut la dissuader d'en suivre le sentier. Les pointes de ses pieds s'aventurent les premières, reniflant chaque recoin comme des mulots craintifs. Son buste chancelle. Puis un coup de vent s'abat sur elle, souffle chargé de la pourriture qui depuis trop longtemps travaille dans ce corps comme un vin mauvais dans un fût étroit.

La cuisine est un havre, un port, un repos, protégé des courants. Je m'aperçois que je suis en retard. Je dis : « Tout va bien, Gégé ? » sans trop y penser. Je sais que dans cette cuisine elle retrouve les bateaux de chacun de ses jours.

Cette brave barcasse de frigo, la proue ronde et luisante comme celle d'une péniche. Cette bonne vieille cuisinière à gaz, rafiot de fortune crachant et dégazant dans les eaux troubles de son fuel. Et puis le jour, et puis le vent, iodé pour peu que l'on y prête attention, venu du port, le vrai, plein de cri de mouettes, de grincements de grues, de rivets et de marins. Jamais l'air du large n'a paru si bon à Gégé, même filtré par le ventilateur de la fenêtre.

Elle commence la vaisselle de la veille. J'avale mon café à la hâte, debout à son côté. Sous ses petites mains rouges plongées dans l'eau épaisse, les verres et les tasses s'entrechoquent voluptueusement, avec un gros bruit rond de galets charriés au fond d'une rivière. Belles mains de souffrance qui ne pétrissent rien, caressant la rondeur des verres comme pour les polir, dans cette eau grasse d'où montent des bulles à demi mortes, méduses se hissant jusqu'à la mousse jaune pour mieux y expirer, derniers relents d'une lucidité qui, petit à petit, et si traîtreusement, commence à faire défaut à cette pauvre Gégé...

Soudain elle voit trouble : chaque chose tout à coup prend son vol autour d'elle. Chaque chose se voit pousser des ailes immenses, des ailes d'albatros ; chaque chose devient oiseau de mer, tournoyant autour de cette proie séchée à grands coups d'ailes majestueux, à grands hurlements fous, multitude d'oiseaux de mer qui plongent et plongent leurs becs dans le rouge purulent des tempes de Gégé, lui écorchant les lèvres et lui perçant les yeux en riant de plus belle.

Puis basculent la mer, les oiseaux, et Gégé avec eux. Elle s'affale d'un coup, poupée de son, les jambes brisées ; et les goélands hystériques, avant de disparaître, ont juste le temps de voir une casserole voler à son tour, de l'eau tiède se répandre, et une petite femme s'écrouler à mes pieds.

Une demi-heure plus tard, le médecin est là.

Il ne sait quoi diagnostiquer.

La nuit est tombée. Voilà Gégé installée dans un lit à la mesure du mystère qui plane sur son mal : le lit de ma tante. Un lit immense trônant au milieu d'une pièce immense, cette chambre qui, au regard de sa taille, constitue un univers à lui tout seul, un monde intimidant où elle se sent perdue. Un monde à part, fermé de quatre murs, où l'édredon prend dans la lumière bleue du soir des allures de montagnes photographiées d'un satellite, creusant des gouffres, pointant des cimes douces, se faisant et se défaisant puis se chiffonnant encore au gré des mouvements de jambes de cette démiuge improvisée...

Ces sommets éphémères sans cesse bouleversés dégringolent tour à tour en soulanes argentées et en ubacs cendrés dans le vaste océan d'une moquette sombre, mer calme, mer d'huile sur laquelle elle aimerait envoyer ses boulettes de mie de pain pour y voir affluer les canards et les cygnes du jardin public...

De ses yeux hagards, trouant l'éblouissante blancheur de l'oreiller, elle scrute les limites de cette pièce, cherchant des repères, évaluant du regard la distance infinie qui la sépare des fenêtres. C'est la première fois qu'elle voit la chambre sous cet angle.

La nuit est passée, comme on le dit d'une couleur délavée par le temps. C'était une nuit pâle. Au plafond les striures de la lumière des lampadaires ont laissé place en quelques heures aux zébrures de l'aube. Il n'y a pas de nuit noire pour qui surveille sa vie. Il n'y a pas de nuit blanche non plus pour qui est épuisé. Il n'y a que des nuits pâles, un long battement de cils entre une lumière et une autre.

Au matin, Gégé veut faire son travail, comme si de rien n'était. Alors elle se jette à l'eau. Avant qu'elle puisse faire un mètre, les oiseaux fous sont sur elle, revenus à tire-d'aile, piaillant et couinant. Face à ce tourbillon, elle a tôt fait de rejoindre son corps mort.

La voilà maintenant face contre ciel, fixant les voûtes du plafond, le souffle court, allongée dans une clairière de coton, de tapis et de velours, entourée de ces murs qui montent en perspective vers l'immensité, perspective fuyante, et là-bas les rideaux s'élèvent comme des chênes, laissant filtrer dans leur feuillage la lumière du jour. Les oiseaux chantent, c'est bon signe, comme s'ils étaient là, perchés sur les lustres, sur la cheminée de marbre, la haute armoire à linge, le crucifix au-dessus du lit. Ceux-là sont les oiseaux du calme, de la paix retrouvée.

Gégé s'est endormie.

Par l'entrebâillement de la porte, ma tante l'observe, ne sachant trop quoi faire de son lourd et encombrant plateau : déséquilibré par le poids de la théière posée sur sa droite, elle le sent se déporter vers le même côté, conformément aux lois de la pesanteur conjuguées à celles, plus aléatoires, d'un réveil avancé.

Ma tante s'imagine à l'orée d'une chambre d'enfant, attendrie et grisée par le sentiment de voir sans être vue ce petit corps emmitouflé dans son propre lit, couvé par les plumes des édredons.

Les oiseaux chantent toujours dans la chambre tranquille, dans ce décor auquel le bois, l'odeur de la cire, les tissus nobles, les parfums de fond de teint, les vieux papiers et les photographies donnent une épaisseur presque palpable : là un portrait d'enfant au fusain, ici un cliché ébloui où des gamins en culotte courte, les cheveux brillantinés, posent près d'un grand homme à la chemise blanche ; des maisons, des sièges en rotin ; des calandres de Delage, de Peugeot aux grandes ailes comme prêtes à s'envoler ; de solides bicyclettes aux pneus blancs de poussière, filant sur des routes poudreuses comme neige ; des tasses de café posées sur les graviers et des femmes en tailleur repliant leurs genoux ; des parties de tennis sous un soleil d'avant-guerre, un soleil propre, un soleil immaculé, plus blanc, mieux découpé sur la terre battue qu'il ne l'est aujourd'hui ; et puis, posés comme ça, des albums effeuillés, des chapelets versant leurs larmes sur les aiguilles d'une horloge, les pleins et les déliés d'une vie passée, les faire-part de décès, les faire-part de naissance coincés entre cadre et miroir autour du grand trumeau, parmi des mémentos, petits carrés de limbes d'où émergent les morts dans un halo de blanc souligné d'une mention comme lourde de reproches : « Souvenez-vous de Madeleine C... »

Voilà cinq minutes que ma tante a posé son fardeau. Cinq minutes qu'elle observe un par un les objets de sa chambre. Ses beaux yeux papillonnent de l'un à l'autre de ces promontoires, délaissant un livre pour mieux se perdre dans un paysage, puis revenant sur un visage avant de se poser sur un bijou offert, une boîte secrète, un écritoire ou un stylo, parcourant ainsi tout ce champ de vision, champ de fleurs écloses en plein cœur de l'automne.

Pas un ne manque. Ils sont tous venus, ses filles, ses amis, son mari, ses parents, ses souvenirs, parfois de très loin. Jamais elle ne les a sentis si proches, si vivants, quand bien même certains sont morts depuis longtemps. Et un simple échange de regard suffit à fêter ces retrouvailles du temps avec le temps.

De son pas élégant, elle poursuit son tour, silencieuse, presque fantomatique parmi les ombres, celles du matin qui la couvrent encore et celles des êtres chers qu'elle découvre à nouveau, pour s'arrêter tout net devant quatre planches jointes surmontées d'une croix : son lit, où se repose Gégé, avant, peut-être, de reposer à jamais.

À jamais. Cette vision de mort traverse son esprit. Ma tante s'est arrêtée juste au bord du lit, penchée sur ce corps de gamine en chemise de nuit, ce petit corps perdu à la lumière duquel elle vient de retrouver les siens. Égarée dans ses pensées, elle en a oublié cette présence posée là comme un nouveau-né sur un parvis.

Elle en a oublié la raison même de sa venue. La théière ne fume plus. Tout doit être froid, à présent.

Alors elle s'assied au bord du grand lit, contemplant sa compagne de destin, puis aperçoit une main, blanche, minuscule et dure, petit caillou qui aurait roulé jusque-là, au pied du monticule formé sous les draps frais par ce corps allongé. Cette main non plus, elle ne l'avait jamais vraiment observée. C'est une main pleine de veines qui n'a pas su saisir sa chance. C'est une main recroquevillée comme un oiseau tombé du nid, un moineau tout tremblant de ne pas renoncer, défendant bec et ongles son espérance de vivre.

Une autre main se tend pour ramasser l'oiseau dans le creux de sa paume, se refermer sur lui. Ma tante sous ses phalanges sent chaque pulsation de ce petit cœur d'ange, ce pouls dont elle sent bien qu'il ne bat maintenant que pour mieux combattre.

Entre ces deux mains serrées, paume contre paume, veines contre veines, rides dans rides et doigts entre-mêlés, on ne pourrait glisser un cheveu. Il y passe pourtant toute la chaleur du monde.

27

Gégé m'a avoué combien elle s'était amusée à voir arriver ce matin le plateau du petit déjeuner.

Tout y était posé pêle-mêle, en un échafaudage précaire de tartines grillées, de théière, de rondelles de citron et de petites cuillers faisant office sans doute de balancier de funambule. Une carte retirée de ce château chancelant, et c'en était fini du petit déjeuner que ma tante a apporté, toute fière, à Gégé. Oh, certes, les tartines n'avaient de tartines que le nom, compte tenu du séjour prolongé qu'elles avaient subi dans le purgatoire du grille-pain. Quant au thé, il était tiède, mais qu'importe. Le tableau d'ensemble avait quelque chose de croustillant qui valait tous les toasts du monde. Et l'intention avait plus de goût, de chaleur et de fumet que le thé le plus exquis.

Gégé l'a bien compris, qui, péniblement, s'est dressée sur son lit. Ma tante lui a calé un oreiller derrière les reins, est allée tirer les rideaux, est revenue, a souri. Une nouvelle journée commençait, c'était déjà ça de gagné.

« C'est assez chaud, ma petite Gégé ? »

Une voix faible, perdue au fond du bol :

« Mais c'est très pon, très pon. »

Silence.

« Pour les tartines, vous savez, il suffit de gratter.

— *Ma foui, ma foui, c'est sûr* », a répondu Gégé en émiettant frénétiquement ce qu'il fallait bien appeler un morceau de charbon.

En me racontant cela, Gégé a ri d'un beau rire simple, sans grincement, sans effluve de vin, un rire que je ne lui connaissais pas.

28

Et les jours se suivent ainsi, sans qu'aucun médecin puisse se prononcer sur le mal mystérieux qui, insidieusement, ronge Gégé de l'intérieur. Seule sa magnifique chevelure noire semble résister à la maladie, protégeant des regards la dégradation dont son corps est victime. Comme des branches en fleur sur un tronc pourri. Comme un feuillage vert portant ombrage à une terre humide.

Heure après heure saillent les os sous le fin parchemin où tant de mains dans sa jeunesse de servante asservie ont couru pour écrire la honte. Gégé devient plus blanche à chaque minute qui passe, petite bougie qui fond sans que l'on voie pourtant la moindre goutte de cire couler sur ses joues. Et dans ce lit immense elle semble se noyer sans se débattre, perdue au fond des draps qui ondulent en vagues, vagues lasses, mais puissantes, toujours froides malgré le beau soleil qui vient frapper aux fenêtres de la chambre, beaux rayons hérissés de petits becs d'oiseaux qui pépient et pépient et pépient sans relâche, implorant leur reine qui se tord sans gémir dans un lit grand comme l'océan, parmi des oreillers retournés mille fois sans plus offrir guère de fraîcheur.

Alors il ne reste plus à cette enfant ridée qu'à réunir ses sens comme quelques grains de sable, un petit tas fragile, pour voir et voir tant qu'elle le peut encore. Et entendre ces bruits qui lui donnent des remords : le mugissement aigu de l'aspirateur que ma tante passe en bas. Ou l'écho des couverts et des assiettes qu'elle lave, après une tentative d'omelette, un œuf sur le plat roussi, un steak trop cuit... Ou encore le claquement de l'escabeau devant les vitres qu'elle nettoie, sans qu'elle, Gégé, la servante, puisse rien y faire.

Quant aux plateaux de petits déjeuners, ils s'améliorent de jour en jour, au grand bonheur de Gégé. « Matâme » n'est pas loin d'avoir trouvé la combinaison parfaite, celle qui lui permet de ne pas superposer l'assiette de beurre et la corbeille à pain.

Voilà maintenant deux semaines que Gégé est au plus mal.

Ce matin, ma tante a découvert la solution. Gégé m'a tout raconté. Le code secret du coffre-fort, l'agencement optimal du plateau. Toute l'astuce consistait à glisser l'assiette de beurre sous l'anse de la théière, qui est haute, et à ce titre doit être impérativement dirigée vers le coin droit du plateau afin de laisser place, au centre, à la corbeille à pain. Ce n'est qu'à la faveur de cette disposition que l'on peut placer dans leur ensemble – et sans les empiler – tous les éléments constituant le petit déjeuner.

30

Un samedi, c'est l'urgence. Gégé s'étouffe. Gégé se tord. De sa gorge serrée ne monte qu'un son rauque et creux, un raclement de pompe à eau qui s'enfonce dans le sable et ne s'amorce pas. De ses mains, elle agrippe les montants du lit. Ma tante est affolée. Ça devait arriver. Ça arrive ce matin. L'eau ne monte toujours pas dans le tuyau rouillé. Je fonce au téléphone. Police secours.

Quelques instants après, Gégé voit défiler tous les plafonds de la maison. Elle ne les avait jamais vraiment observés, ces plafonds. Trop hauts pour elle. On l'emporte sur un brancard. À voir d'un œil neuf ces corniches, ces moulures et ces lustres, elle se sent elle-même, déjà, étrangère à tout cela. Peut-être en éprouvera-t-elle moins de regrets à quitter cette maison. Ça penche dans l'escalier. Un infirmier se fait engueuler. « Soulève, soulève », lui dit l'autre, un barbu. « Je fais c'que j'peux », répond le deuxième, qui porte des lunettes. « Soulève, mais soulève », répète la barbe. « T'as qu'à baisser », répondent les lunettes, tandis que ma tante, trottinante et prévenante, ouvre les portes une à une. Gégé a juste le temps de jeter un coup d'œil sur la salle à manger, son cinéma de fin de dîner. La barbe et les lunettes n'en ont rien à foutre. Pour eux, il s'agit d'atteindre l'ambulance au plus vite, elle attend dans la rue et doit déjà bloquer la circulation. Gégé sent l'haleine du barbu. Le gars a dû mâcher un chewing-gum à la fraise, ou quelque chose comme ça. À l'autre bout du brancard, les lunettes commencent à s'essouffler. Le visage de ma tante passe en un sourire, mais elle pleure. À cause de moi, se dit Gégé. Les voilà qui sortent. Des badauds discutent. Gégé voit la maison comme elle voit la barbe : d'en bas, et la maison semble avoir un visage, vue d'ici. Sur ses murs passe et repasse le faisceau bleu du gyrophare. Les lunettes s'énervent. Elles ne trouvent pas le rail qui permet d'enfoncer le brancard. Ça y est. Pas trop tôt. L'autoradio diffuse un air mélancolique. Le coffre claque. Derrière la vitre carrée, ma tante fait un signe et son image tremble comme dans un film en super 8 passant une dernière fois au doux ronronnement du moteur Diesel. Sirène. Démarrage. La musique s'évanouit et, avec elle, le visage de ma tante à l'écran. On s'attend à voir s'inscrire fin comme dans les films de Sissi. Tu parles ! Rien du tout. Rideau.

Comme beaucoup d'histoires, celle-ci trouvera donc son terme dans le décor impersonnel d'un hôpital. Par commodité. Comme si les affres et les tendresses de l'existence devaient finir étouffées dans du coton, endormis dans l'éther, nappés de carrelage blanc, lisse, désinfecté.

Chambre 212. Ce n'est plus une vieille dame qui parle à une vieille femme, ce n'est plus ma tante qui parle à Gégé, ce sont deux amies qui se souhaitent courage, dépouillées de tout dans ce blanc terrain neutre, ce sanctuaire qui résonne. Déjà hors de leur maison, déjà au bout de leur chemin, déjà hors de la vie qu'elles ont partagée bon an, mal an.

Chambre 212. Les fleurs sont interdites. C'est mieux ainsi. Les fleurs qu'on apporte dans ce genre de service n'ont souvent pas le temps de se faner avant de resservir sur une tombe. Mieux vaut être à l'écoute. Du fond du couloir montent des cris, ceux des enfants de Lacanau. C'est à peine si Gégé ne les voit pas surgir de la porte battante, sur leurs petites bicyclettes, hirondelles de bon augure piaillant dans le vent chaud du soir.

Imprimé en France par CPI
en septembre 2015

POCKET – 12, avenue d'Italie – 75627 Paris Cedex 13

N° d'impression : 3013002
Dépôt légal : octobre 2015
S25481/01

Composé par Maury Imprimeur SA
45330 Malesherbes

Le soir même, une ombre solitaire se tient agenouillée dans l'une des chapelles de Saint-Seurin. Ma
tante brûle un cierge pour Gégé et prie. De ses yeux
bruns que les flammes, sans doute, font briller plus qu'à
l'accoutumée, elle regarde son cierge fondre, ployer
peu à peu, et diminuer jusqu'à devenir deux fois plus
petit que les autres, puis s'en retourne, laissant là ce
petit bout de cire bientôt réduit à néant.

Revenue le lendemain, quelle n'est pas sa surprise de
voir que son cierge non seulement a cessé de fondre,
mais brûle encore...

Il en ira ainsi le surlendemain et tous les jours qui
suivront.

Aujourd'hui, le cierge de Gégé est toujours là.
Minuscule, tordu, difforme certes, mais brûlant d'une
flamme plus intense que les autres.

Cela restera un miracle tant que je viendrai chaque
matin le rallumer en cachette.

Trop tard. Gégé est morte ce matin. Sa vie se réduisait à cet infime souffle qui, aujourd'hui mercredi 9 février 1990 à 10 h 05, s'est échappé de sa bouche entrouverte, sans salive. Un souffle qui dans sa faiblesse même a voulu faire entendre comme un grand soulagement.

Le décès est enregistré dare-dare. On emporte le petit oiseau mort. Ça libère un lit.

tics semblent découragés de la faire grimacer. Une décharge, parfois, à peine, qui la tend tout entière, descend le long du cou et meurt en un soupir, un faible soupir d'oiseau qui bouge une aile timide. Petit cœur qui n'en peut plus de respirer, qui n'en peut plus de battre, de soulever comme un poids ce torse décharné. À quoi bon ? Toute la force de Gégé se concentre dans ses doigts, ses phalanges pliées sur celles de « *Ma-tâme* ». Là est encore la force. Là réside la vie. Dans ces deux mains agrippées comme pour dévaler ensemble une pente invisible. Comme pour signer une dernière fois, au pied de tant d'années passées, la plus humble et sublime des capitulations. À moins que ce ne soit, tout simplement, pour se dire adieu sans recourir aux mots.

Demain, j'irai.

32

Les infirmières se sont habituées à voir arriver, tous les matins à 9 heures, la silhouette de cette belle dame triste qui ne demande plus son chemin dans les dédales du bâtiment. Elles savent que cette visiteuse, chaque jour apprêtée comme pour un baptême, un mariage, un enterrement, va passer la journée chambre 212, au chevet de « la p'tite Germaine », comme on l'appelle ici.

À travers les vitres de la chambre, je contemple ces deux êtres qui font un point silencieux sur leur vie. Jamais un mot, ou si rarement. La main fermée sur celle de Gégé, ma tante paraît vouloir la retenir, l'empêcher de tomber dans un précipice connu seulement d'elles deux.

Et la journée passe ainsi, au rythme lent des visites du médecin, des piqûres et des plateaux-repas auxquels Gégé ne touche pas. Celle-ci a maintenant le visage abandonné dans ses cheveux magiques qui, éparpillés, semblent déjà flotter sur un fleuve inconnu des vivants. Elle n'a plus à présent que la peau sur les os, et encore ces os paraissent-ils amenuisés comme des pierres plates au fond de l'eau. Il y a sur ses paupières plus d'expression que dans ses yeux, et même ses nombreux

J'ai beau accompagner ma tante jusqu'au seuil de la chambre 212, je n'ose pas aller voir la malade.